理系研究者の「実験メシ」

科学の力で解決！　食にまつわる疑問

松尾佑一

JN009751

光文社新書

はじめに

食べものを口にしている時、ふと「これってどうやって作っているんだろう？」とか、「もっと美味《おい》しくならないかな」とか、いろいろ考えたりします。でも食べ終わった後に、普段の仕事とか日常に戻ってしまうと、考えていたことをすっかり忘れてしまいます。調べるのは面倒だし、ましてや実験して確かめる気力も湧かない今日この頃です。

でも、ちょっとした時間と、ホームセンターなどで手に入るグッズと、少々の興味があれば、実験して確かめることができるかもしれません。

このエッセイは、いちおう理系小説家である（そして理系の大学に勤めている）僕が、手当たり次第に食べものにまつわる疑問について実験してみたレポートです。それぞれの専門家から見れば、見当違いの方向に進んでいたり、稚拙《ちせつ》なことをしているかもしれません。でも、ホームセンターなどで手に入るグッズと、少々の興味があった時に、こんなことがわかるかも？　というお話を書きたいと思って、この本を書き始めました。

実験をするにあたり、三つのルールを設定しました。

・基本的に実験は一発勝負（装置の改良による再実験はあり）。失敗の場合は、正直に失敗と書き、その理由を考える（ものが燃えたり、生煮えだったりと、実にいろいろな失敗が起こります）。
・家庭にあるもの、市販されているものを使って実験を行う。高額かつ専門的な機器は基本的に使用しない。
・著者（僕）の感想だけではなく、家族や友人など身の回りの人にも参加してもらい、実験の成功を判定してもらう。

少しでもみなさんにとって食べものについての発見があったり、新たな疑問が現れて、みなさん自身が試してみようと思うようなことがあれば、とても嬉しいです。

理系研究者の「実験メシ」——目次

第4章　インスタントラーメンの限界点

第9章　タクアン製造マシン

著者エージェント：アップルシード・エージェンシー

第1章
遠心分離コーヒー

研究のお供、コーヒー

長時間の実験や、研究の報告書を深夜に執筆する際に、眠気覚ましのコーヒーは欠かせない。僕の研究室には使い捨てのドリップ式のコーヒー（カップの縁に紙製の部分を引っ掛けて、粉にお湯を注ぐ方式）を常備している。カフェインをいっぱい抽出するためにじっくり時間をかけて大きめのマグカップに抽出して、1時間くらいかけて飲むのがいつものやり方だ。

1杯のコーヒーの目覚まし効果がどれくらいあるのか、実のところはっきりしない。コーヒーを飲んでも眠いものは眠いし、疲れが取れる瞬間を感じることもない。ただ、なんとなく気合が入ったり、気分転換をしたりするのには役に立っていると思う。「今から一仕事するのだぞ」という儀式的なものだと考えることにしている。

このように使い捨てのドリップ式のコーヒーは日常的に消費していくが、研究室にたまっていく一方のコーヒーも存在する。豆を挽いた粉タイプのコーヒーだ。これらは海外出張に行った同僚や、海外の研究者からのお土産が主である。ありがたくいただくものの、ペーパーフィルターやドリッパーなど、ドリップのためのグッズが手元になく、消費できないのだ。数千円も出せばグッズは揃うと思うが、「そこまでするのもなぁ」という気持ちがあり、いまだ踏み切れないでいる。「さぁ、10ページの報告書を仕上げるぞ！」という気持ちになった時に、コーヒーサーバーにドリッパーを載せて、そこに粉を入れ、お湯を注ぎ、抽出後の粉をゴミ箱へ……そんな作業をしているうちに「報告書は明日でもいいか」という気持ちになってくるのだ。ようは面倒くさいのである。

一方で、僕の職場の同じフロアにいる素粒子物理学の先生は、研究室に本格的なコーヒーミルを持ち込んでいる強者《つわもの》だ。さながら喫茶店の様相である。ときどき打合せに赴《おもむ》けば、とびきり美味しいコーヒーを出してくれる。しかし、自分の報告書を書く前に、コーヒー目当てで彼の部屋に押しかけるわけにもいかぬ。たぶんそこでおしゃべりをして、報告書はいつまでたっても仕上がらない。そういうわけで、僕の粉のコーヒーは、どんどんたまり続けていたのである。

研究室の粉のコーヒーの在庫がとうとう２kgに達した時、僕は重い腰をあげた。ティーバッグを買いに行ったのである。茶葉を中に入れるタイプのもので、１００枚百数十円くらいで売っていた。ペーパードリップのグッズは買わなかった。すなわちケチなのである。そしてなるべく簡単に済ませたい。不織布製のティーバッグに、数gのコーヒーの粉を入れて封をする。これをマグカップの中に入れ、お湯を注ぎ、3分ほど待ってみる。なぜ3分待ったかというと、2分待ったところでも、抽出がうまくいかず、注いだお湯は紅茶のような薄茶色の液体にしかならなかったからだ。箸でつついたり、マグカップを揺らしたりして、ようやく3分経過ぐらいで見覚えのある茶色の液体になった。

一口飲んでみる。なんだかお茶のようなコーヒーである。薄いのだ。ドリップ式のコーヒーの粉がだいたい6~7gなのは知っていたので、それと同じくらい入れたつもりなのだが、味の濃さがいつものコーヒーと全く違う。直接、コーヒーの粉にお湯を注ぐところがコーヒー抽出のミソであるようだ。

せっかく１００枚百数十円くらいで買ってきたティーバッグだが、99枚はこのまま机の引き出しに眠ることになった。

ラーメンスープと遠心分離の話

しばらくコーヒーのことは忘れて、僕は実験室に立ち、細胞懸濁《けんだく》液から細胞のみを取り出す実験をしていた。遠心分離機に細胞懸濁液の入った試験管を設置し、２０００ｒｐｍ（１分間に２０００回転）という速さで回転させることで、細胞だけを試験管の底に集めるのだ。遠心分離は生物学にとって基本的な実験操作である。

５分間ほど遠心分離をし、底にたまった細胞だけを集めるため、上清の透き通った液体（上澄み液、ここでは細胞を含まない培養液）をビーカーの中に捨てている時だ。ふと「これ、コーヒーの抽出に使えるのではないか」と思った。目の前の実験では、遠心分離により底にたまった細胞が必要であるが、コーヒーについては上澄みだけを取り出せばいい。むしろ、遠心分離によって純粋なコーヒーが得られるのなら、ペーパードリップ方式よりも、混じりけのない、素晴らしく美味なコーヒーが飲めるのではないか？

さっそく、「遠心分離機を使ってコーヒーの抽出をしてみよう」と思って、実験室内をキョロキョロと見回した。学生や同僚の研究者はいない。「今からコーヒーを煮出して遠心分離機を借りて……」、そう思ったものの、僕は頬を叩いて自分を律した。研究費で購入した実験装置や器具は、目的以外に使用してはならない。これは研究者の常識ではないか。

以前、こんなことがあった。一人の学生が「天下●品」という店でラーメンを食べ、そのあまりに濃厚なスープに衝撃を受けて、僕に遠心分離機の使用許可を求めてきたことがあった。液体のスープと何だかよくわからない固形物の比率を求めたいと言うのだ。彼は50ml分のラーメンのスープを持っており、すぐにでも実験ができるという（お持ち帰りのセットを購入していた）。僕も天●一品のラーメンが好きで、たしかに彼の検証は気になった。しかし、研究費の不正使用などもってのほか。万が一、明るみに出て新聞などで「大学教員、●下一品のラーメンスープを遠心分離して処分」なんてことになれば学界の笑いものである。僕は学生の申し出を断った。そして彼の心を傷つけたくなかった僕は、断り方に気をつけた。

「もしその実験を行い、液体のスープと何だかよくわからない固形物の比率が求まったとしよう。我々はおそらく固形物の異様な割合にショックを受けるであろう。そして二度と天下一●のラーメンが食べられなくなってしまうかもしれない。それでもいいのか？」

そう言うと彼はしばらく沈黙した後、静かに肯《うなず》いた。

「この世には知らない方がいいこともあるのですね」

彼はそう言い残して、静かに僕の部屋を後にしていった。

ラーメンの話が長くなったが、コーヒーを遠心分離する話である。遠心分離機を使わず遠心分離するためにはどうすればいいか。僕が遠心分離機の代わりをすればいいのである。すなわち紐《ひも》か何かでコーヒーを入れた容器を結んで、ぐるぐると回すのだ。

エクササイズの始まり

遠心力、という言葉はよく知られている。体験したことがある方も多くいるだろう。ジェットコースターに乗った時、ふわりと体が浮いたようになることがある。あれは体に重力方向とは真逆の力がかかり、体にかかる力が一時的にゼロになるためだ。

もっと日常レベルでも、遠心分離の原理自体を僕たちは体感している。例えば味噌汁。飲み干した時、大豆や具材の粒子が底にたまっているのを見ることができる。これは味噌汁の中の粒子のうち、味噌汁の液体よりも密度の大きいものほど、すなわち大豆や具材が早く底に沈もうとするため、違いとなって現れるのである。遠心分離は、この密度差がミソである。

ここで遠心力を液体の底方向にかければ、密度差がわずかであっても、遠心力が各分散質を分離するように働く。すなわち遠心分離は、我々が味噌汁の中で見ることができる「密度が大きいものほど早く底に沈む」という現象を加速させているわけなのだ。

さて、コーヒーを遠心分離する話に戻る。例えば紐の先にコーヒーを入れたペットボトル

図1－1　コーヒーを回転させることで遠心力によりドリップできるのではないか？（空想図）

などを括《くく》りつけて回すような動作を想像しよう（図１‐１）。

ぐるぐる回るペットボトルの外側に向かって遠心力が働く。そのペットボトルが気持ちよく回り続けるためには遠心力とは間逆の方向に同じ力がかかっていなければならず、それを向心力という。では、ペットボトルを回している時の向心力とはいったい何かというと、ペットボトルが飛んでいかないようにひっぱっている紐にかかる力である。遠心力に向心力が負ければ、ペットボトルが飛んでいってしまうので、強い遠心力を求めるのであれば、しっかり紐を握っていなくてはならない。

この遠心力（正確には遠心加速度）を求める公式は次の通りだ（図１‐２）。ここで遠心加速度は、Ｇという単位でよく目にする。地球上のだいたいの重力は１Ｇである。例えば紐の長さを１ｍとして、この式をもとに試算すると、１２０ｒｐｍ（１分間の回転数）で16Ｇ、

２４０ｒｐｍで64Ｇ、３６０ｒｐｍで１４５Ｇと求まる。これをまとめると図１‐３のようになる。

遠心加速度　$G=1.118\times10^{-5}\times N^2\times r$

N：回転速度（rpm）
r：回転半径（cm）

図1－2　遠心加速度を求める公式

図１‐３から、一つ困ったことがわかる。遠心力は１分間あたりの回転数Ｎの２乗に比例する。これは「回せば回すほどコーヒーの粉はよく沈む」ことを意味し、逆にいえば「頑張れば頑張るほどうまくなるかもしれない」ということで、面倒くさがりやの僕にとっては悩ましいことになってしまった。

どこかに回転数の「あたり」をつけて、線引きをしなくてはならない。そうして考えたのは、「１分間にどれくらいならば回せるだろうか？」ということだ。試しに腕時計を見ながら手首をぐるぐると回転させてみる。１秒間に２回（＝１２０ｒｐｍ）、３回（＝１８０ｒｐｍ）なら回せそうな気がする。３００ｒｐｍ……１秒間に５回まわすのは骨が折れるが、やってみるか。

具体的な実験内容を考えていこう。５００mlビーカーに、コーヒーの粉を20ｇ入れ、３００mlの熱湯を注ぐ。コーヒーの粉は、前出の

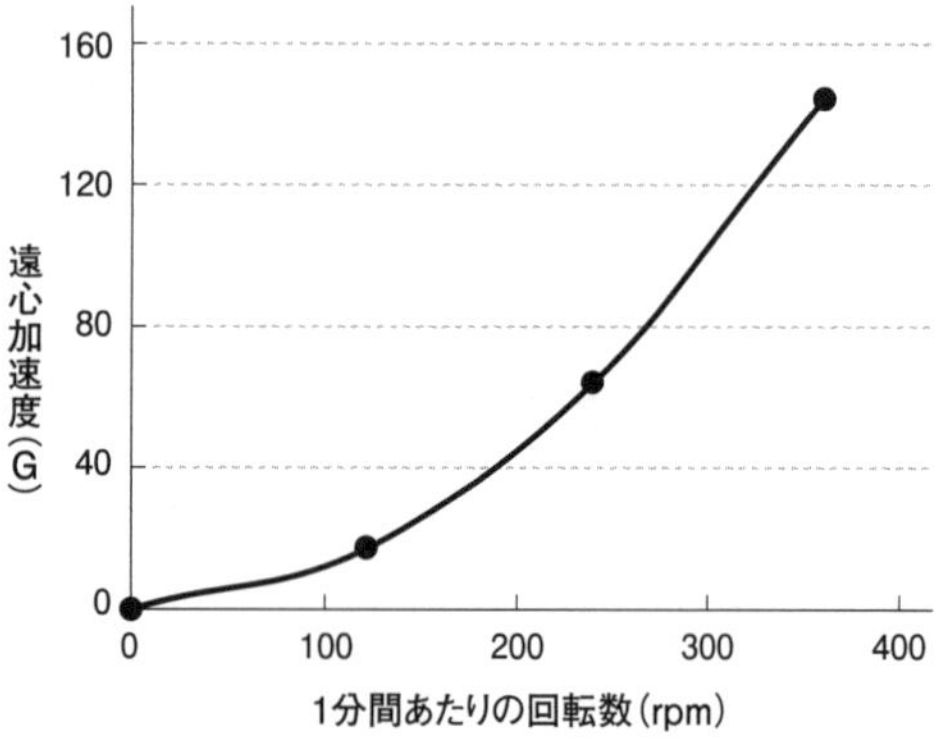

図1−3　回転数と遠心力の関係（ℓ=1mの場合）

コーヒー好きの素粒子物理学の先生に貰った、「ペルークナミア」という、僕にとってはあまり聞いたことがないものを使用した。

コーヒーの粉にお湯を注ぎ、2分ほど待ったのち、粉ごと煮出されたコーヒーをペットボトルにうつし替え、１ｍの紐で括り、①16G（１ｍの紐の場合、回転数１２０ｒｐｍ）、②64G（同２４０ｒｐｍ）、③１４５Ｇ（同３６０ｒｐｍ）の条件で、それぞれコーヒーを抽出する。回転させた後、上澄みの部分だけを取り出して、粉が残っていないか確認する。

こうして「粉が残らない美味なコーヒー」の抽出に必要な回転数はどのくらいかを導き出すのだ。

もしうまくいけば、図１－４のような製品を売り出して、大儲《おおもう》けできるかもしれない。

「コーヒーの粉とお湯だけあれば作れるコーヒー抽出器、ズボラで手首を鍛えたい貴方にピッタリ！」。これは売れるかも。さぁ、一儲けするために、エクササイズの始まりだ！

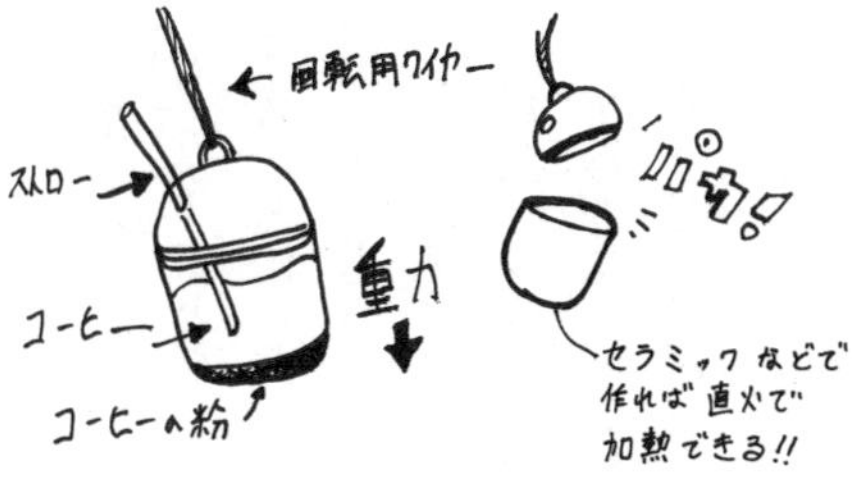

図1−4　遠心分離コーヒーを商品化した場合の製品イメージ図

１ｍの紐は意外に長かった

定めた手順通りにコーヒーにお湯を注ぎ、よく洗浄したペットボトルに注いでいく。この時、①、②、③の条件でサンプルが異ならないよう、粉とお湯が均等に混ざるよう注意した。

　いざ、ペットボトルに紐を括りつけて、ストップウォッチを片手に試しに回転させてみる。すると致命的な問題に気がついた。１ｍの紐が長いのだ。自分の身長が１８６㎝……というのは嘘で、１６８㎝なので、紐を回そうとすると、円運動の中心は、僕の腹のあたりになる。そんな位置を中心とすると、非常に回しにくいのだ。どうして１ｍに決めてしまったのか……単純に遠心加速度の計算を簡単にするためだったのだが……回し始めて後悔した。そして、①16G（回転数１２０ｒｐｍ）の条件、すなわち1秒間に2回転させることとすら難しい。頭の中で実験をイメージした時は、手首だけを回してみて「１秒間に２回転なんか余裕、余裕」などと考えていたが、まことに甘かった。

もしかすると僕の手首の回し方がよくないだけなのかもしれない。そこで若い学生の力を借りることにした。過去に体育会系の部活に所属していたという３人の男子大学生に昼休み、中庭に来てもらってコーヒーの入ったペットボトルを回してもらうことにした。スポーツができる若い学生ならば、中学時代オセロ部だった40歳のオッサンよりうまく回すと思われた。

結果は、惨敗であった。学生を「焼肉をおごるから！」とけしかけて、振り回させたものの、１秒間に１回まわすのが限界で、あげく地面にペットボトルをしこたまぶつけて台無しにしたりした。回転数60ｒｐｍではわずか４Ｇだ。ジェットコースターにかかる遠心加速度は（瞬時であるが）３Ｇから５Ｇである。この程度ではコーヒーの粉は沈まないと思われる。試しに60ｒｐｍで回転させたコーヒーを確認したが、濁っており、飲めたものではなかった。うなだれる僕を尻目に、学生たちは僕から焼肉の約束を取りつけてほくほくしながら校舎に戻っていった。

手で回すのは無理があるようだ。調べてみると、手回し式の遠心分離機という製品が販売されていることがわかった（図１-５）。これを使えば電力がなくても、実験室の外でも、コーヒーを遠心分離することができそうだ。ただ、今回の実験でこれを用意することはできなかった。人力であるが、この遠心分離機は１台で数万円と意外に高価で、また納品に時間がかかることがわかった。

こうなれば奥の手を使うしかない。知り合いの業者に頼んで、中古の遠心分離機を一時的にレンタルすることにした。できる限り身の回りにあるもので実験を進めたかったが、この企画ではまずは結果を出すことを優先しよう。

図1－5　手回し式遠心分離機
（写真提供／Hettich社）

文明の利器の登場

遠心分離機にかけるため、専用の遠心分離用の試験管にコーヒーを注ぐ。もはや、これからコーヒータイムを楽しむというような雰囲気ではない（図１‐６A）。しかし、遠心分離機とは実に便利なものである。ボタン一つでサンプルに遠心力をかけてくれる。ロースだの牛タンだのは必要ない。①60Ｇ、②64Ｇ、③１４５Ｇの三つの条件のコーヒーがたちまち出来上がった（ちなみに、これ以降、遠心分離機の回転半径は１ｍから変わっているので、混乱を避けるためｒｐｍは表記しない）。

①は明らかに濁っていた。続く②も同様だ。そして頼みの綱の③も……結論から言えばイマイチだった。③は、ほかの二つに比べて明らかに上澄みは幾分透き通って見えたが、口に含んでみたところ、舌の上に粉を感じた（図１‐６Ｂ）。１４５Ｇでもだめだった。

手元には遠心分離機がある。このまま重力加速度を上げていって、粉が上澄みに残らない重力加速度はどれくらいか調べるのは容易だ。手元に調べることができる装置がありながら、調べないわけがない！

詳細な経過は省く。重力加速度を変えて何度も実験を繰り返し、仕上がったコーヒーを味見して、何度もトイレに行った話など聞きたくないだろう。結論から言うと１０００Ｇの遠心力をかけることで、粉を感じることのないコーヒーを淹《い》れることができた。図１‐６Ｃに、１４５Ｇと１０００Ｇの重力加速度を加えた場合のコーヒー５mlを、濾紙《ろし》でこした時の様子を示す。濾紙は一般の理科実験でよく用いられるADVANTECの円形定性濾紙（Ｎｏ．１）を用いた。これは６㎛以上の粒子を保持できるものである。結果を見ると、１４５Ｇと

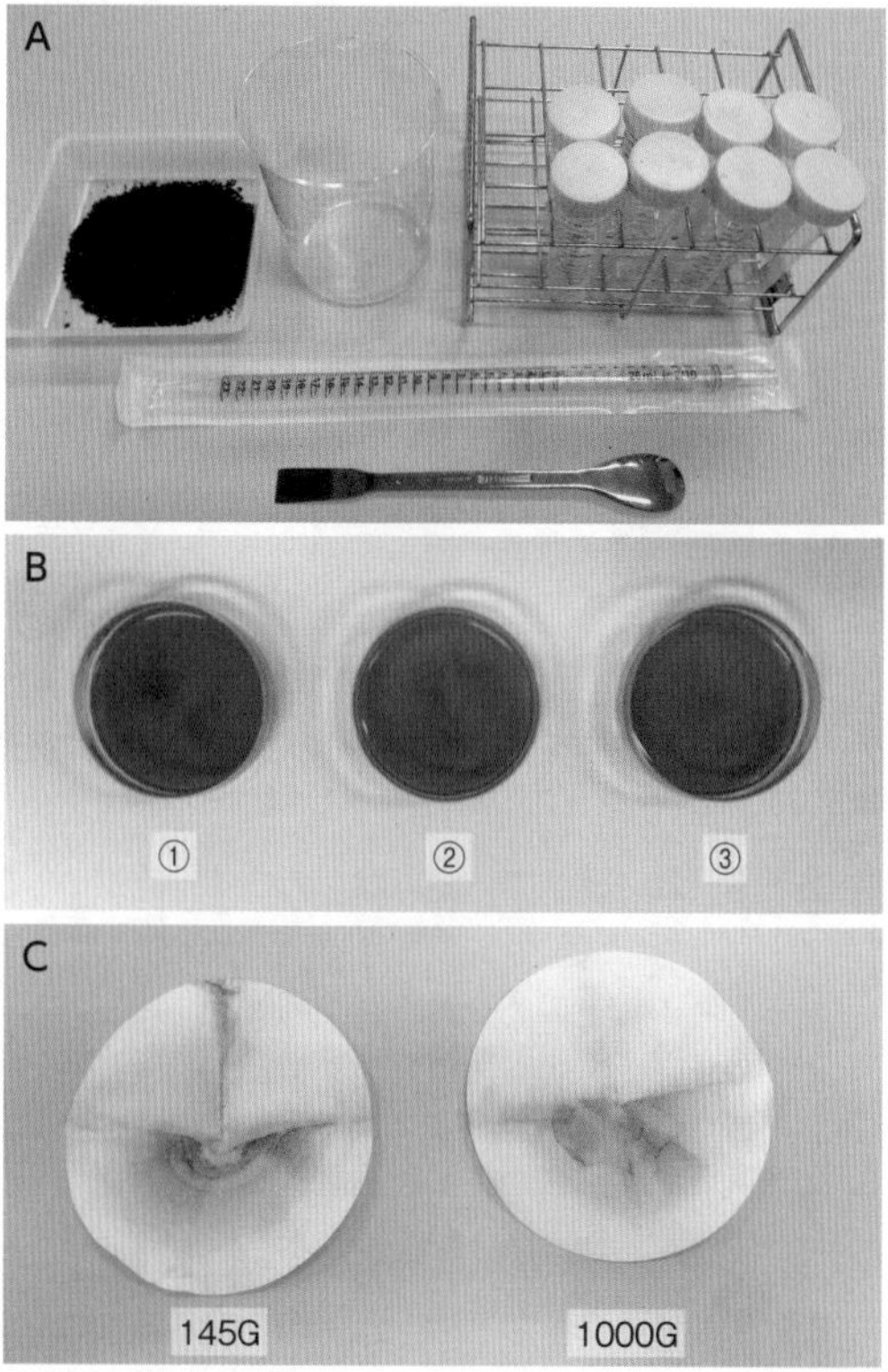

図1−6　実験の様子

A：実験器具。コーヒーを作るための準備には見えない。
B：5㎖のコーヒーをプラスチック容器にうつしたもの。
①②③ともにコーヒーの粉が確認できる。
C：フィルターで5㎖のコーヒーを濾して乾燥させた濾紙。
1000Gの遠心分離によって、大きなコーヒー粒子が少なくなり、全体的に粉の量も減ることがわかった。

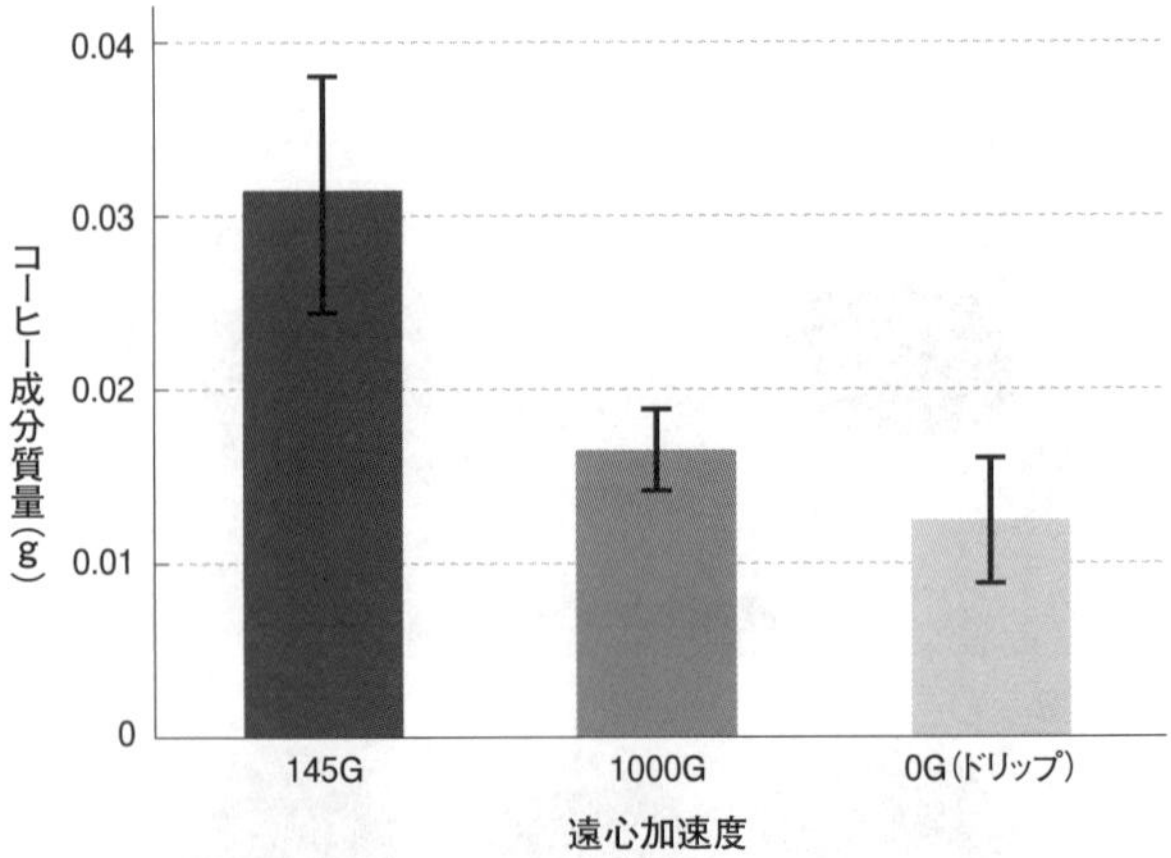

図1－7　遠心加速度を変えた場合の5mlのコーヒー中の成分質量
遠心分離をしていないドリップの場合の結果を比較として載せる。

比較して、１０００Ｇの場合、６㎛以上の大きな粒子が少ないことがわかる。

　またそれぞれのコーヒーを通過させた後、乾燥させた濾紙の質量にも違いがあった。１４５Ｇと１０００Ｇについて、それぞれ３回の実験の平均の結果を図１‐７に示す。縦軸はコーヒー成分の質量（ｇ）を示していて、濾紙の質量はあらかじめ引き算している。この質量の違いは、僕たちが注目する液体中に残ったコーヒーの粉である。グラフに重ねられたバーは標準偏差（値のばらつき）を示すもので、この二つの結果には明らかな違いがあることがわかる（バーが重なっていないですね）。

　１０００Ｇというと、１ｍの紐で回す場合

９４６ｒｐｍということになり、１秒間に15・７回まわさなくてはならない計算になる。手で回すやり方ではとうてい不可能だ。フィルターなしで簡単に飲めるコーヒーを目指したが、結果は程遠いことがわかった。なお、市販のフィルターによるドリップ式でのコーヒー成分の質量も調べてみた（０Ｇの結果を見てください）。濾紙に残ったコーヒー成分の平均値は１０００Ｇの場合より少なくなったが、誤差の範囲内である。すなわちフィルターありのドリップコーヒーのレベルを目指すならば１０００Ｇの重力加速度は必要であるということだ。遠心分離コーヒーの道のりは、とても険しいことが明白だった。

「なかなかうまくいかないものです」

コーヒー豆をくれた素粒子物理学の先生に、結果を報告に行った。すると素粒子物理学の先生は、面白い話を聞かせてくれた。

「浸漬《しんし》法っていうのをご存じですか？」

コーヒー豆を取り扱うプロフェッショナルは、豆の味を調べる時、フィルターで濾《こ》したりせず、お湯に浸したコーヒーの粉の上澄み液をスプーンですくい取ってテイスティングするという。

「そちらの方が豆の味がよくわかるんですよ」

紙のフィルターを使用することで、コーヒー本来の味の一部が損なわれてしまう、そして紙フィルターの味（紙の味？）がコーヒーにうつってしまうことがあり、それらを専門家は嫌うというらしい。

「いつか遠心分離を使った新しいコーヒー店が現れるかもしれませんね」

今回、遠心分離でのコーヒーは人力で作成することは無理という結論になった。この結果は僕を落胆させた。しかし、いつか手軽に、遠心分離でのコーヒーが実現して、流行《はや》るのではないかと、希望が湧く話を聞くことができた。

コラム１　十人十色のコーヒー

何も私が人類で初めて遠心分離によってコーヒーを抽出した人間ではあるまい。調べてみると、日本や欧米ではあまり馴染《なじ》みはないが、「ターキッシュコーヒー」というものがあることがわかった。その昔、貴重なコーヒーからエキスを最大限に引き出すために考えられた、コーヒーを煮出すというトルコ発祥の淹れ方である。イブリックという銅製、または真鍮《しんちゅう》製で長い柄のついた容器を使うのが特徴だ。「ターキッシュコーヒー」は短時間に高温で煮出すため、浅煎りや中煎りの豆では渋みが出やすくなる。また、煮出してすぐだと、液中に粉が浮遊しているため、飲む時は粉が沈殿するまで、少し待たなくてはならない。小ぶりのカップに注ぎ、２～３分ほど待つ。カップの底に沈んだら、その上澄みを飲む。さすがに私のように振り回したりはしない。

ペーパードリップやフレンチプレスなど、一般的なコーヒーの淹れ方のほか、サイフォンやパーコレーターのような個性ある方法にしても、基本はコーヒーの粉と液体を分離する時にフィルターを使う（フィルターの孔《あな》のサイズはどうあれ）。重力でコーヒーの粉を落とす方式はないのだろうか。ターキッシュコーヒーは、私が調べた限りで唯一、重力を用いた淹れ方だと思われる。

ターキッシュコーヒーのように、世界にはさまざまなコーヒーの楽しみ方がある。僕が出会った中で、二つの強烈なコーヒーの淹れ方についての話をしよう。

僕の勤めている大学には、さまざまな国から留学生がやってくる。バングラデシュ人の博士後期課程の男性は、ことのほか辛い料理が好きだ。インド・ネパール料理店に一緒に行くと、その店で最も辛いランクのビリヤニ（インド式焼き飯のようなもの）を毎回注文する。彼は届いた「真っ赤」なビリヤニに、さらにテーブルに置いてある唐辛子のパウダーを振りかける。見ているこちらの汗が噴き出してくる。そうして彼は怪《け》訝《げん》そうに見ている僕に対して「日本の料理は味が薄いね」などと言いながら、涼しい顔で平らげる。

その彼は、コーヒーも興味深い飲み方をする。彼は大学の近くのコンビニで購入したカップタイプのコーヒーをいつも持ち歩いていて、僕も何度か彼に誘われて一緒に買い求めに行ったことがあるが、彼は決まってスティックタイプの砂糖を７本、１杯のコーヒーに入れる。どうしてそんなに入れるのかと聞くと、「こうした方がうまいから」という。そりゃまぁ、そうなんだろうけれど。もしかすると、１日の辛さと甘さを彼の舌は平均化する機能があって、それがゼロに近くなれば「今日はよい日だ」という仕組みでもあるのだろうか。まさか。

そういう彼も、めでたく博士号の学位を取得して帰国していった。バングラデシュに遊びにおいでよ、と誘われているが、向こうの料理の味つけがちょっと怖い。

もう一つ面白いのが、ベトナムである。ベトナムには卵を入れるエッグコーヒーがある。一軒の喫茶店だけでそのコーヒーが楽しまれているんじゃなくて、何軒も同じことをやっているのだから、一つの文化としてエッグコーヒーは確立されているのだ。

首都ハノイを訪れた際、ベトナムの若い大学教員たちとランチをご一緒し、それからコーヒーでも飲みに行くかということになった。訪れたのは３月で、現地の彼らは寒い寒いと言っていたが、日本からきた僕は持ってきたコートを「こんなもん着てられるか！」とホテルに置いてきたような陽気の午後の話。ぶらりと入った喫茶店には、コーヒーメーカーとともに、大型の攪拌機《かくはんき》が置いてあった。

「やっぱりベトナムに来たらエッグコーヒーだよなぁ」と、笑顔を浮かべながら、彼らは薦めてくる。薦めてくれるものを断るつもりもないし、卵（Egg）って言ったって、本当のニワトリの卵じゃあるまいしと思っていたら、店員は冷蔵庫からニワトリの卵を取り出してきたので驚いた。コーヒーをじっくり抽出して、それから同じくらい時間をかけて、コーヒーと卵を混ぜていく。そして味はというと、ちゃんと美味しい。卵はもう、無慈悲で恐ろしい攪拌によって完全に分子レベルまで分解されていて、そこにはまろやかなクリーム状のものだけが残っている。そりゃあまあ、削岩機みたいにデカい攪拌機だものなぁ。

　ベトナムは冬でも日本と比べたらずっと暖かく、ハノイ市内は気温が10℃を下回ると小学校が休校になる。ゆるーい空気の漂う首都ハノイの喫茶店で味わうトロトロのエッグコーヒーは、日本にはない特別な味だった。

ベトナムのエッグコーヒーが作られている様子。メレンゲコーヒーといったところか？　とても美味しい。でも、日本では見たことがない。

第2章
ソーラー炊飯器

目玉焼きも作れる炎天下のボンネット

ここ数年で太陽光パネルをよく見かけるようになった。建物がとり壊され、空き地になり、駐車場にでもなるのかなと思えば、突然、太陽光パネルに埋め尽くされてびっくりということもある。

太陽光のエネルギーは膨大であり、エネルギー源としてはタダである。太陽光自体は発電のように有益に使うことができれば素晴らしいと思うが、時にこの膨大なエネルギーの存在を呪いたくなることもある。炎天下に放置した車に乗ろうとして、灼熱地獄と化した運転席に座った時など「この熱がお金に換えられたらイイのに！」とぼやいてしまう。

そんな話を学生にすると、出てくるのが「ボディーで目玉焼きを焼いたらいいんじゃないですか？」という意見。太陽に悪態をつくぐらいなら、せめて目玉焼きでも作って食べたらどうか、というのだ。たしかに炎天下の車のボディーで目玉焼きを作ったという人の話を耳にしたことがある。卵白のタンパク質の変性温度が58℃、卵黄はもう少し高くて65℃から70℃で固まり始める。一方の車のボディーの温度はどれくらいか。炎天下の車内の温度をＪＡＦ（日本自動車連盟）が報告した例がある。これは車内に子どもや、ライターなどの可燃

	車内 最高温度	車内 平均温度	ダッシュボード 最高温度
対策なし（黒）	57℃	51℃	79℃
対策なし（白）	52℃	47℃	74℃
サンシェード装着	50℃	45℃	52℃
窓開け（3cm）	45℃	42℃	75℃
エアコン作動	27℃	26℃	61℃

表2－1　車の高温対策ごとの車内温度
最高気温 35℃、正午から４時間の間に計測（日本自動車連盟のサイトより）。

物を乗せたままにすることの危険性を周知させる目的で行われたものであるが、この報告によると外気温35℃の時、窓を閉めた黒いボディーの車内の平均温度は51℃、ダッシュボード（フロントガラスの手前の平たいところ）では79℃まで達した（表2－1）。十分に目玉焼きが作れる温度だ。

だがしかし、僕が目玉焼きを作るのには問題がある。目玉焼きは好きじゃない。

学生にそう言うと、呆《あき》れた顔をして、思いついたように、

「じゃあ、お米は炊けませんかね？」と言った。

米の炊き方について何を知っているか？

米はいわずもがな、我々日本人の主食である。米が嫌いと言う人がいるという話を今まで僕は聞いたことがないし、第一、「米は好きですか？」などという質問自体が「空気は好きです

か？」と言っているような愚問だとさえ僕には思える。米を車のボディーで炊くことができればありがたいし、キャンプの時や、あるいは災害時にも役に立つと思われる。

一方で、お米って何℃で炊けるんだっけ？　と新たな疑問も湧いてくる。米の炊き方について「はじめチョロチョロ、中パッパ、赤子泣いても蓋取るな」という歌を昭和54年生まれの僕は知っていたが、僕の研究室の学生は知らなかった。まぁ、この歌を知っていても「はじめチョロチョロ」が何℃なのか結局わからないのだけれど。

米の炊き方も、ちゃんと研究している方がいる。広島文化短期大学（現　広島文化学園短期大学）の研究者の報告によれば、４分間の弱火（40～50℃）、そしてその後５分間で１００℃まで上昇させて、必ず98℃以上で20分加熱するのが、適正なお米の炊き方だという。

この時間と温度の関係のグラフを図２-１に示す。このグラフを見ながら「はじめチョロチョロ」の歌を口ずさむと、ちゃんと一致しているからすごい（「中パッパ」を温度上昇過程だと解釈すると）。

お米の炊ける温度はわかった。ただ図２-１を眺めて、学生とため息をついた。

「車のダッシュボードの上で98℃は無理でしょうねぇ」

さすがにそんな危険な乗り物は、販売される前に改修されているはずだ。

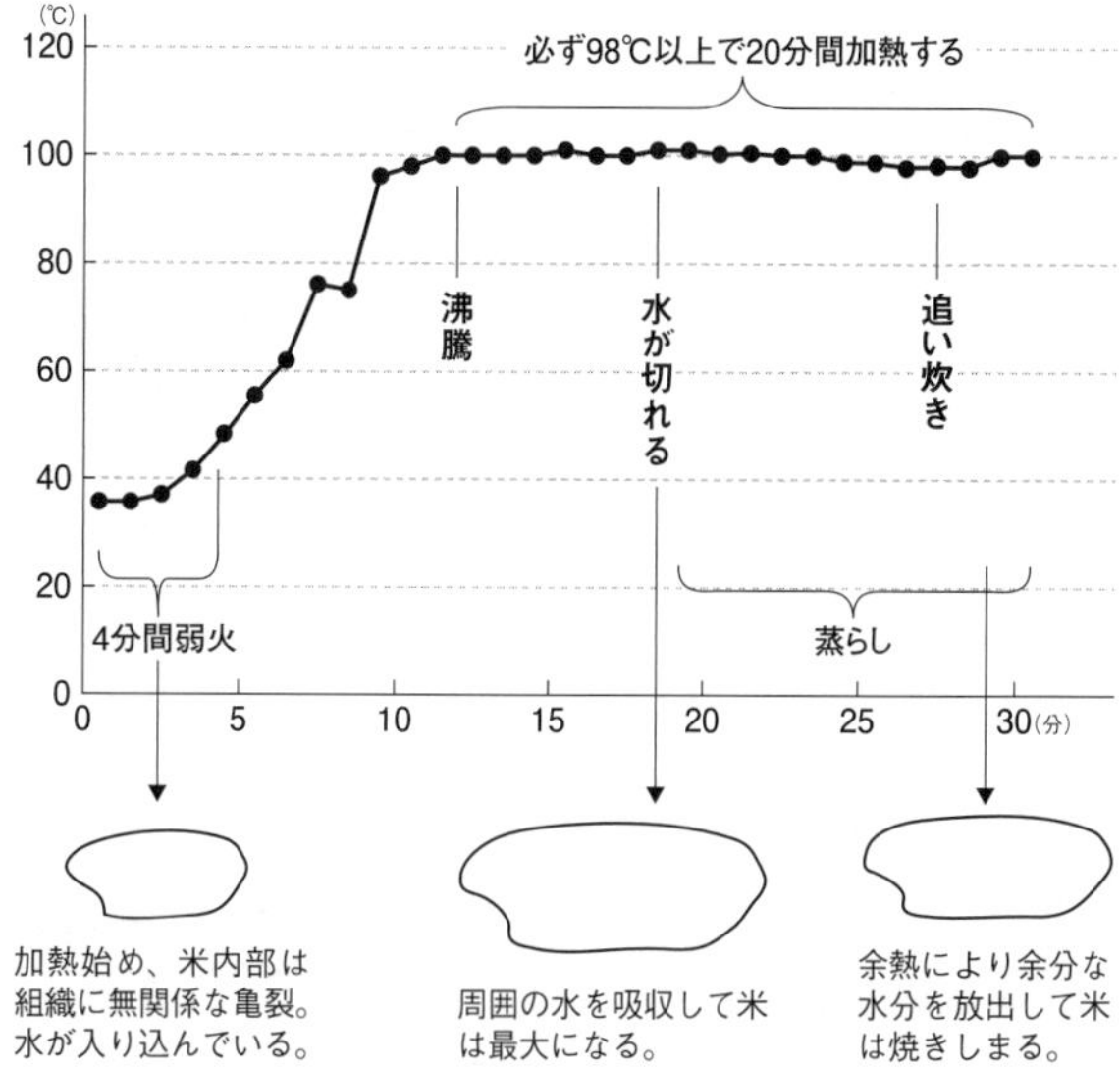

図2－1　適切な炊飯時間と温度
（今中鏡子ら，2006：炊飯米の形態学的研究：加熱過程の差，品種による差，炊飯量の差における炊飯米粒組織の観察，広島文化短期大学紀要より）

太陽光を使った調理器具

太陽光を使った調理器具はないかと調べてみると、「ソーラークッカー」という名称で多くの製品がヒットした。写真を勝手に載せることはできないので、イラストで我慢していただきたい（図2-2）。

基本的に太陽光を集めるための広い金属板（一部はアルミシートを張った段ボール）で構成されている。製品の説明欄には「冬場でも使用できる」や

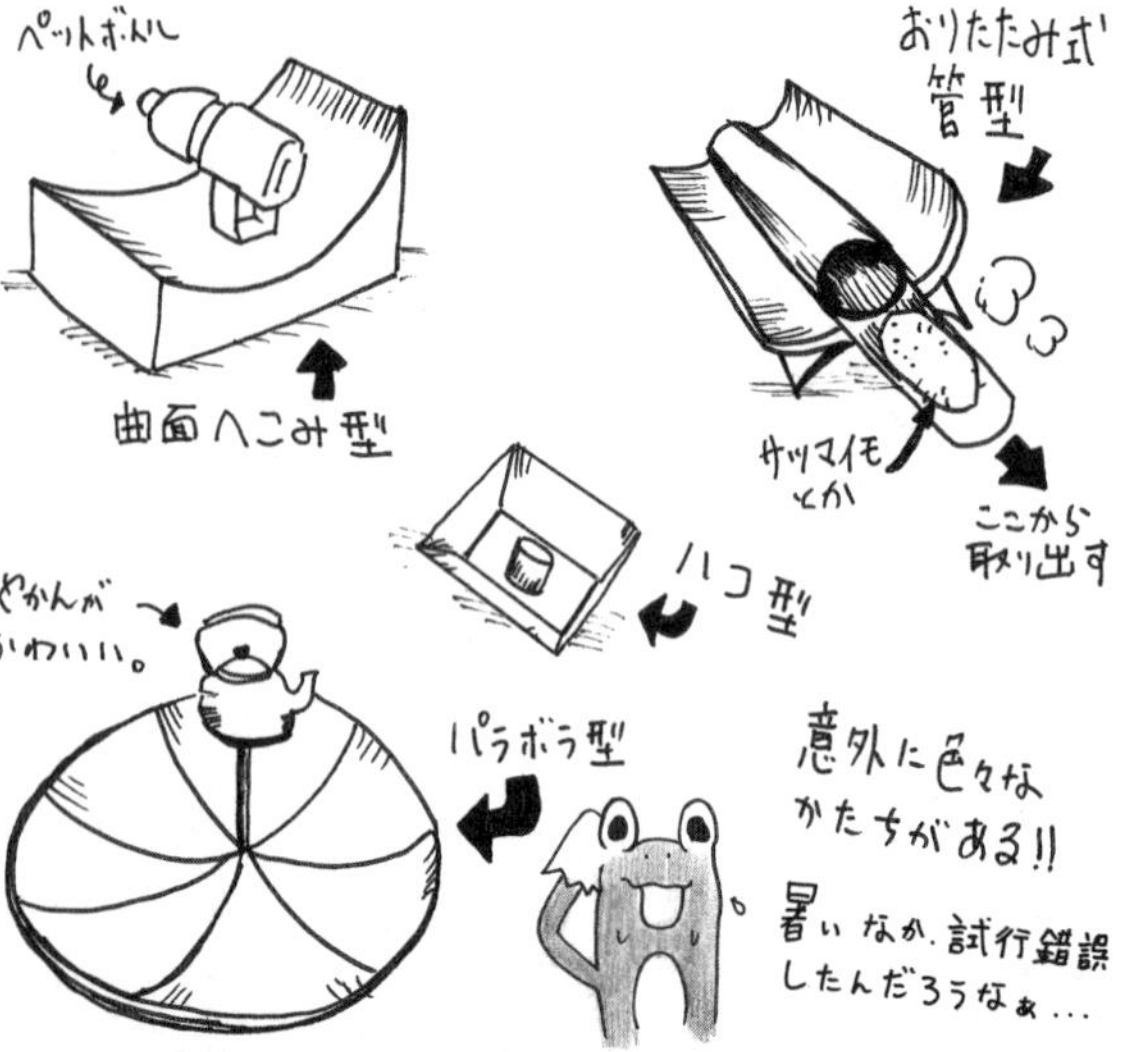

図2−2　通信販売で購入可能な「ソーラークッカー」

ハコ型など折り畳み可能なものから、曲面へこみ型のような日頃どのように収納するのか疑問なものまでさまざまな形式がある。

「炊飯も可能」という言葉が並んでいて頼もしい。さらに調べると、実際に商品を購入した方のレビューとして「卵が煮えた」「炊飯ができた」という声が確認できた。レビューをよく読むと、米が炊けるまでに2〜3時間かかったと述べられている。

おや、と僕は首をかしげる。先の広島文化短期大学のデータからわかることは、お米を炊くためには「98℃以上の温度が必要」かつ「20分加熱させればよい」であると読み解くことができる。一方の太陽光での炊飯は「米は炊けた

（98℃にはなった）」が「2〜3時間かかった」ということで、時間が一致しないわけだ。これはすなわち「98℃になるまでに1〜2時間はかかる」ということだろう。

太陽光の熱エネルギーを受けた調理器具は、加熱と同時に放熱もしているだろう。「加熱」マイナス「放熱」した分の熱量が、じわじわと温度上昇に使われるので、98℃に達するまでに時間がかかるのだ。また、使用した人のコメントによると、米が炊き上がるまでにかかった時間が2〜3時間と幅広いが、これは炊飯に使った容器や天気など、さまざまな条件によって生まれた差であろう。

なんとか瞬時に太陽光でお湯を沸かすことはできないか？

そこで思いつくのは、レンズの使用である。

小学校の頃、理科系の科目の時間に、黒い紙にレンズで集めた光を照射すると、すぐに紙が焦げ始めるというのを体験した方も多いだろう。一般的な紙の発火温度は意外に高く、450℃であり、すなわち一点に集中させた太陽光のエネルギーはそれほど高いのである。ちなみに黒い紙や、先ほどのJAFの例でも出てきた黒いボディーに共通する「黒」は、太陽の光の波長をすべて吸収するので効率よくエネルギーを受け取れるわけで、逆に言うとすべての波長の光を吸収するから黒く見える。白はすべての波長の光を反射するから白く見え

図2−3　レンズで水を沸かした時の様子

フレネルレンズで集めた光を水に沈めた黒い石に照射。泡が確認でき、即座に沸騰を始めた。

（暑い日には白い服を着るとよいのは、ここからきていますね）、赤は赤以外の光が吸収され赤い光のみが反射するから赤く見える。

「なんだ、レンズと太陽光を組み合わせれば、すぐにお湯が沸くじゃん」

　そう思ったらすぐに確かめたくなる。アルミボトルの缶コーヒーの蓋に水をため、そこらに転がっていた黒い石を入れて、手持ちの拡大鏡で太陽の光を石に集めてみる。レンズの焦点を合わせた瞬間、シューシューと音がして、お湯が沸き始めた（図2−3）。1秒もかからない。まさに瞬間湯沸かし器である。写真ではわかりづらいが、じっと目を凝らすと、レンズの焦点となって光が当たった黒い石の、まさに「点」の部分でのみお湯が沸いていた。もちろん、食べるためのお米を炊こうとすると、飯盒《はんごう》などを使用するわけで、数百mlの大量の水を98℃まで加熱する必要があり、時間がかかるだろう。

　しかし、この瞬間的にお湯が沸く様子を見てから、僕はレンズのとりこになってしまった。

レンズを使わない手はないのではないか？　レンズを使うことで、反射板以外にも光を集めて照射できる可能性があるのではないか？　改めてソーラークッカーの製品を見てみると、レンズを使ったものは一つもない。ならば自分が作ってしまおう！

ソーラー炊飯器をデザインする

さっそく僕は、従来通りの反射板とレンズを併用して、太陽光で炊飯する装置をデザインすることにした。ポイントは次の三つである。

・どのようにして光を集めるか
・どのようにして光を熱に変えるか
・どのようにして放熱を抑制するか

最初のポイントは「どのようにして光を集めるか」であるが、初めに考えなければならないのは「そもそもどれだけの光を集めなければいけないか」である。

水平に置かれた単位面積あたりの平面に、空の全方向から入射する日射量を「全天日射量」と言う。『太陽エネルギー読本』（オーム社）によると、僕の住む地方での全天日射量は、１分間に１㎠あたり０・21カロリーとのこと（１カロリーは、１ｇの水の温度を１℃上昇させるのに必要な熱量のこと）。ただし、これがそのまま調理器具を加熱するのに使われるわけではない。太陽光調理について詳細にまとめられた書籍『ソーラークッカー』（パワー社）によると、調理器具を有効に加熱する熱量は入射熱量の60％程度であるという。

すなわち、例えば１㎡の反射板で集めた光で、調理器具内の１００ｇの水を温めようとした時の１分間の温度上昇は、放熱などの効果を無視した単純計算で12・６℃となる。期待できそうな数値だ。この書籍『ソーラークッカー』では、反射板の面積は、１㎡が一つの目標であるとも述べられている。僕の実験でもこの面積を目安としたい。

さらにレンズによる追加の加熱もつけ加えよう。僕の実験ではフレネルレンズという、通常のレンズに同心円状に切り込みを入れた、のこぎり状の断面を持つ特殊なレンズを採用することにした。太陽からの光は均等に降り注ぐので、光を受ける面積が大きければ、それだけ熱量に置き換わるので、面積はできる限り大きくしたい。一方で、レンズの面積が大き過ぎても実験ができない（僕の家の庭におさまりきらなくなってしまう）。通信販売で一般的に購入できるサイズの２１６㎠のものを使用することにした（倍率は３倍である）。
反射板とレンズの配置の概要を図２-４に、反射板の図面を図２-５に示す。太陽光を反射によって集める機構をベースにして、それにレンズを組み合わせたものである。反射板の寸法は、『ソーラークッカー』に掲載された「平面集合型」をそのまま採用させていただいた。反射板の材質は３㎜の厚さの塩化ビニル製のシートであり、これにアルミホイルをスプレーボンドで接着して反射板を作った。参考にした本では３㎜の厚さのベニヤ板を使っていたが、加工のしやすさから塩化ビニルのシートにした。ベニヤ板に比べてヘロヘロであるが、シートの表面がつるつるしており、アルミホイルがシワもなくきれいに接着できた。この選択が吉と出るか凶と出るか……。

　装置の中で最も工夫が必要なのが、レンズの位置である。今回は、図２-４にあるように、低い位置からレンズで集めた光を炊飯容器に照射することにした。反射板と太陽光の間にレンズがあっては、レンズがある意味をなさないので、このような配置にしている。

　次のポイント、「どのようにして光を熱に変えるか」について検討しよう。
反射板もしくはレンズで集められた光は、炊飯容器へと向けられる。光のエネルギーを効

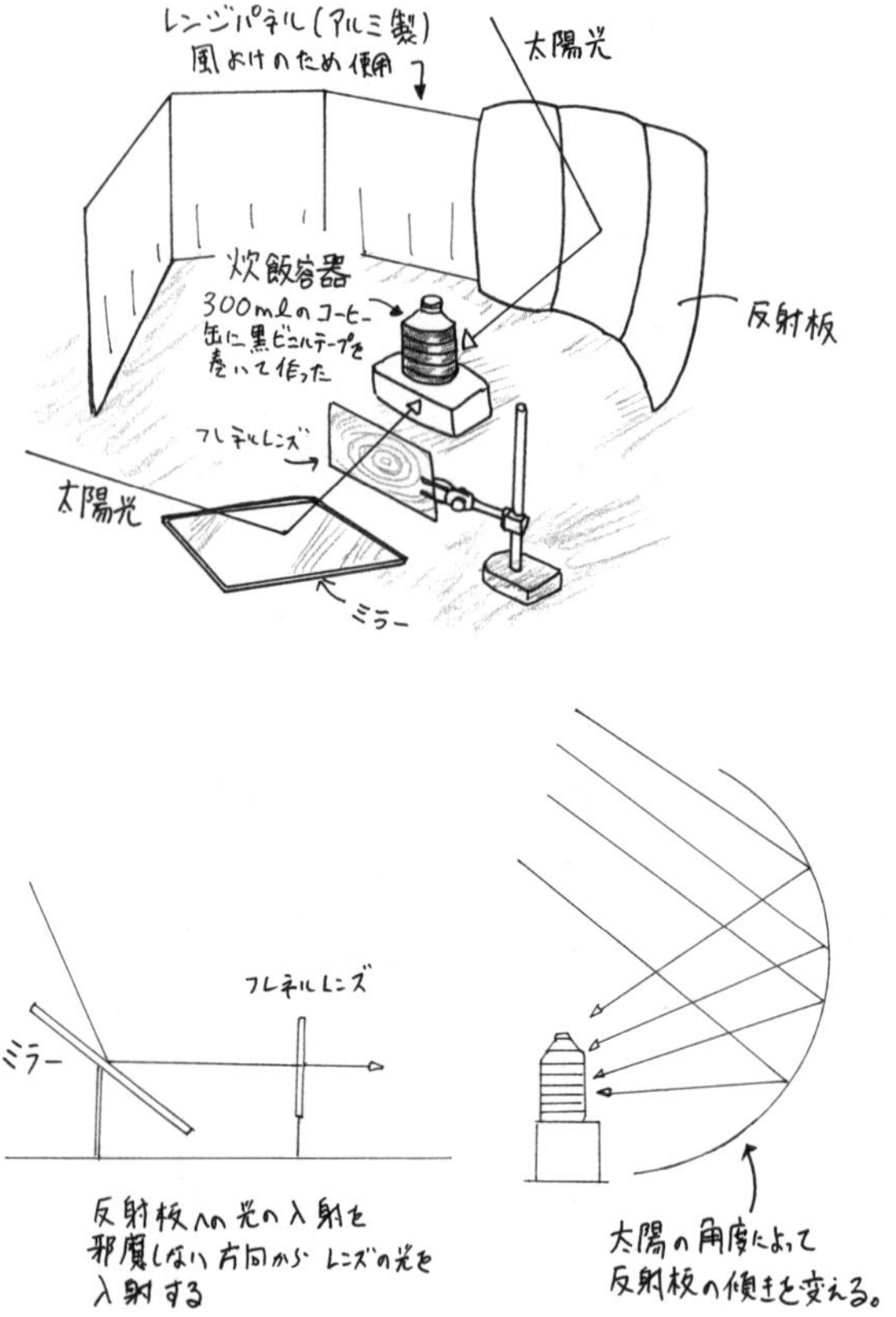

図2−4　今回実験するソーラークッカー

太陽光が炊飯容器に集まるように反射板やフレネルレンズを配置する。

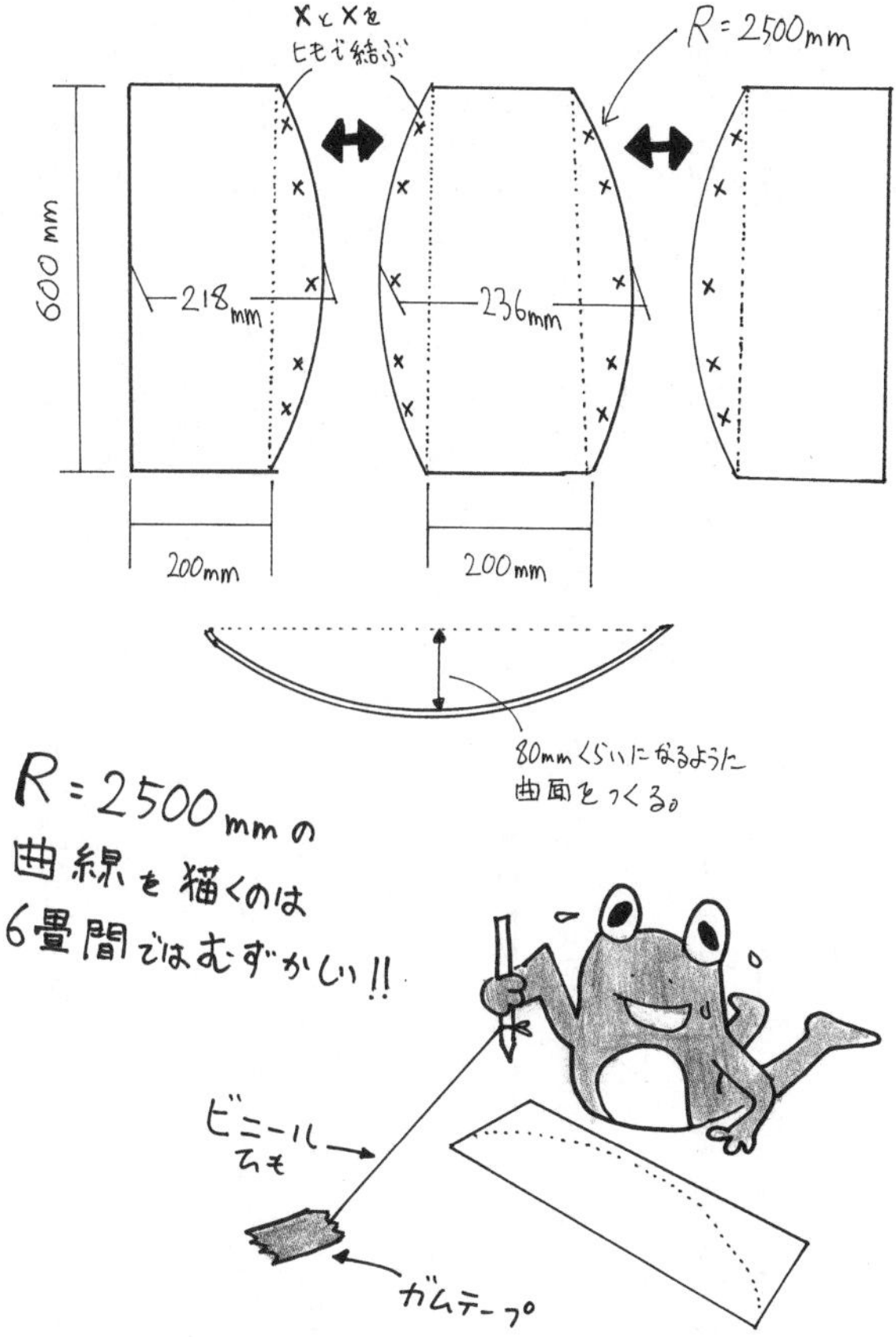

図2−5　反射板の図面

3枚の反射板を紐で結んで一体化させる。半径（R）2500㎜の円弧を描くのが一苦労。

率よく炊飯容器が吸収するためには、先にも述べた通り、すべての波長を吸収する黒いボディーのものがよい。もともと黒いボディーの飯盒などがあればよかったが、今回は缶コーヒーに黒いテープを巻いたものを使用した。

最後のポイント、「どのようにして放熱を抑制するか」は、難題だった。先の1㎡の反射板で集めた光による1分間の温度上昇が12・6℃というのは、放熱を無視した単純計算であり、実際、放熱というのは無視できない存在である。寒い冬の時期に、コンビニエンスストアでお弁当を温めてもらっても、大学の自分の居室にたどり着くまでの5分間で冷えてしまって、残念なことがあったが、同様なことが米を炎天下で炊こうとする時にも起こる。温度の低下を防ぐために、まず考えられる工夫は、断熱材を巻いたり、二重構造にして外側と内側の間を真空に近い状態とするなどが考えられる。今回の実験で参考にしたパワー社の『ソーラークッカー』に記載された放熱を抑制するポイントとして、調理器具の光の当たらない面を発泡スチロールなどの断熱材で覆うという方法が紹介されていたが、僕の実験ではこの方式は採用しなかった。レンズにより集めた光を、反射板とは異なる方向から照射したいため、炊飯容器を断熱材で覆うことができないのだ。そこで、せめて風が吹いた時に冷却されることを抑制するために、アルミ製のパネル（キッチンのコンロの油はねを防ぐためのもの）で、装置を包むようにした（図２‐６）。本書では、必要に応じてそこいらにあるものを転用するのが癖になっている（よい言い方をすれば臨機応変、悪い言い方をすれば雑）。この工夫がどのような結果を導くことになるのやら……。

実験装置は組み上がった。いよいよ炊飯実験の開始である。

図2−6　製作したソーラークッカー
太陽の光を集める反射板（右奥）と、フレネルレンズ（左手前）を組み合わせている。

なぜレンズは使われなかったのか？

８月中旬のある日曜日、近くの田んぼのカエルたちも沈黙する晴天。組み上がった装置を太陽光の下に置いて、テストすることにした。炊飯容器の中に米は入れず、水を１００ｇのみ入れ、熱電対で内部の温度を測定しながら様子を見る。実験開始時の温度は35・５℃である。１分後、35・９℃、10分後、39・３℃。温度は上昇するものの、ゆっくりとしたペースだ。やがて僕は既存のソーラークッカーがなぜレンズを使用していなかったのか、思い知ることになる。１時間後、レンズで集めていた光の焦点がずれていき、炊飯容器から明後日《あさって》の方向……嫁が大切に育てているアサガオの方に向いてしまっていた。これはまずい！　あわててミラーとレンズの角度を調整し直す。

　どうして焦点の位置が変わったか。当たり前のことを忘れていた。太陽の位置は変わるのだ。

「なるほど、これが既存のソーラークッカーがレンズを採用していなかった理由か」

　実験装置を作る前に気がつけよ、と叱られるだろうが、水が瞬時に沸騰してしまったのを見た僕は、もうレンズのとりこになってしまっていた。いかに反射板の邪魔にならないようにレンズを配置するかに集中し、太陽の動きをすっかり失念していたのだ。

　ではどうするか。まず、太陽の動きを調べる必要がある。

　もちろんよく知られているように、太陽は東から西へ動く。ただ、単純に東から西ではなく、季節によって軌道が異なる。このあたりの概要を図２-７に示す。

　まず図２-７（上）を見ていただきたい。自分が立っている場所の真上から南へは「子午線」が通っている。太陽は子午線を通る時が最も位置が高い。特に太陽が南側の子午線を通ることを「南中」という。日本の場合、北半球に位置するので、太陽が子午線上にある場合

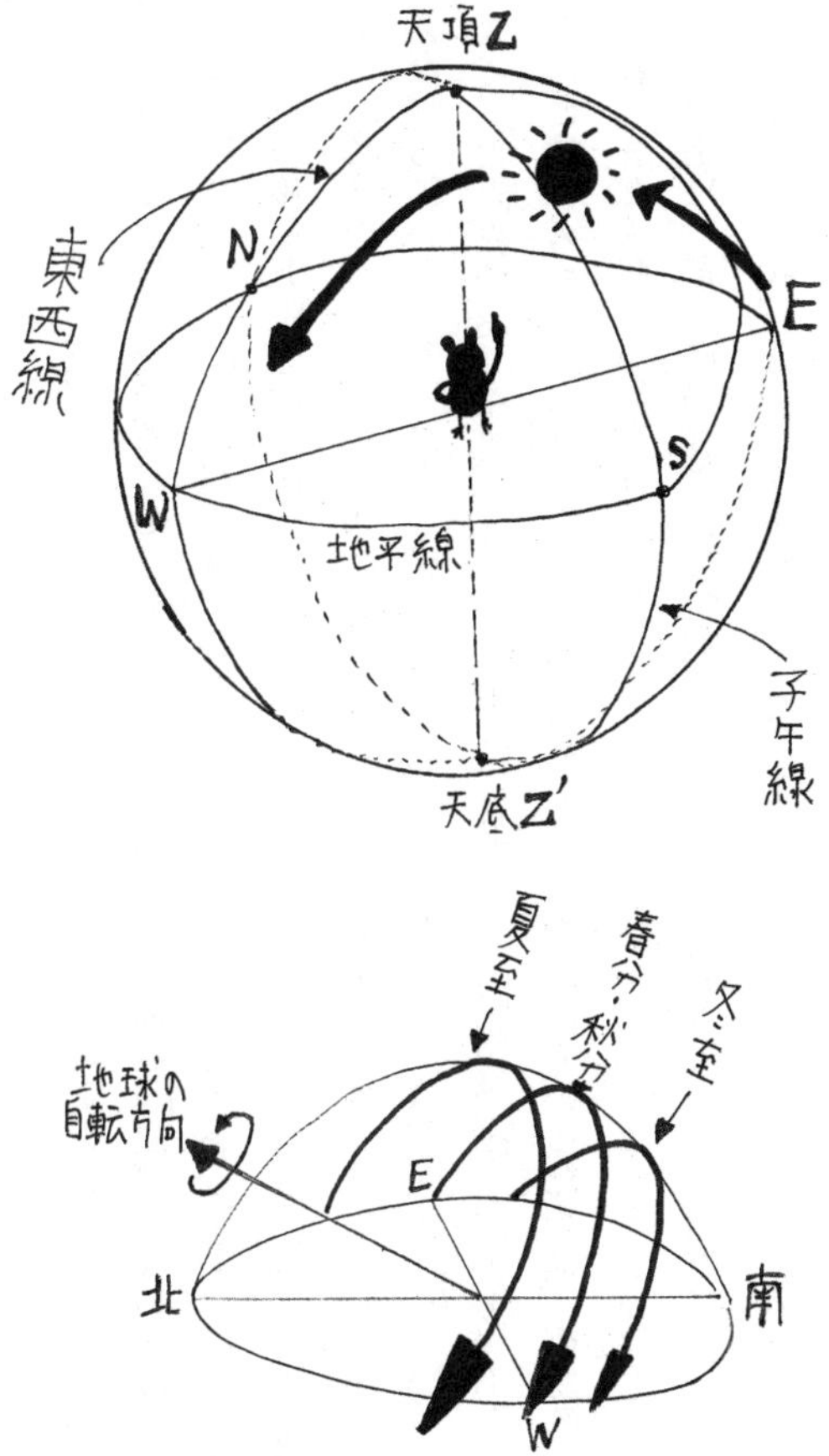

図2−7　太陽の移動に関する基礎

天体に関する各種定義（上）と季節ごとの太陽の軌道（下）のイメージ図。

は常に「南中」といえる（同様に、南半球では、太陽は北側の子午線を通り、それは北中と呼ばれる）。

続いて図２‐７（下）は、日本における季節ごとの太陽のおおよその軌道である。夏の太陽は最も北側の軌道を通る。冬はその逆で南側の軌道を通る。夏の昼間の太陽は高く、冬が低いのにはこのような関係がある。この図２‐７（下）を真上から見てみると、例えば夏至の日の出の後、太陽は南西西の方角へ進んでいき、子午線上では軌道は水平（真西方向）、そして日の入り前には北西の方角に進んでいく。１日のうちに太陽はこのように進む方角を変えながら動いている。日中、建物の中にいることが多い人は、気がつかないかもしれない。

さて、太陽光でお米を炊こうとする場合、最もよい時刻は太陽が子午線上にある時（南中）だと僕は考えた。なぜなら、太陽の軌道が真西を向いているためほぼ直線的になると考えられ、また太陽の位置も高く、レンズで光を集めるのに適していると予想したのだ。南中になる時刻は、新聞に掲載された情報をもとに簡単に計算できる。新聞にはその土地の代表となる地点の日の出と日の入りの時刻が書かれているのだ。南中時間は次の簡単な式で求まる。

南中時刻＝（日の出時刻＋日の入り時刻）÷2

日の出から日の入りまでの間のちょうど真ん中の時間が、南中にほかならないので、このような式になる。

僕が住む地域の、実験を行う予定日の日の出時刻と日の入り時刻は、5時21分と18時37分であったので、南中時刻は11時59分と求まる。この前後が太陽の軌道が、直上に近く、また太陽の軌道は真西方向であり、レンズの向きも東西方向に平行になるように設置すればいいと思われる。南中時刻の1時間前に米を水で洗い、つけておき、30分前に炊飯を開始することにした。

こんな時に限って曇り

そもそも、日ざしが強くて暑いことに対して文句を言ったところから始まった、太陽光で米を炊くこの実験。急に「晴れてほしい！」などと願ったところ、バチが当たってしまった。この実験ができる仕事が休みの土日に限って曇りだったり、雨が続いたりしたのである。ある8月の下旬の土曜日。分厚い雲と雲の隙間に、一瞬、太陽が見えた時の炊飯容器内の温度を測ってみた。太陽光が当たった10分間で46℃に到達。その後、太陽は雲に隠れてしまった。「はじめチョロチョロ」で、この日の実験は終了してしまった。

数週間後、ようやく快晴の休日が到来した。この日を逃せば米は炊けぬ。Tシャツ1枚で汗だくになりながら鏡とレンズをセットする。炊飯容器に太陽の光が当たるよう、何度もレンズの角度を調整する。そして炊飯容器を置く位置に自分の手を入れ、太陽の光を浴びていることを確認する。うまく鏡を調整できれば、数秒で手がじりじりと熱くなる。思わず笑みがこぼれる様は、はたから見れば立派な変態である。

炊飯容器に熱電対も設置、温度もモニターできるようにして、いざ実験開始だ。

スタートから水の温度は着実に上昇していく。実験開始時の温度は38・5℃だったが、たちまち40℃を突破した（図2‐9A、64ページ）。かなり暑い。自宅のベランダで実験をしていたが、たまたま通りかかった近隣住民からは「このクソ暑い中、何やってんの?」という奇異な目で見られる。なにせ上半身ほぼ裸の、40代のオッサンがアルミの板を並べて黒い物体を温めているのだから、怪しいにもほどがある。そして実験開始から20分が経過した頃、

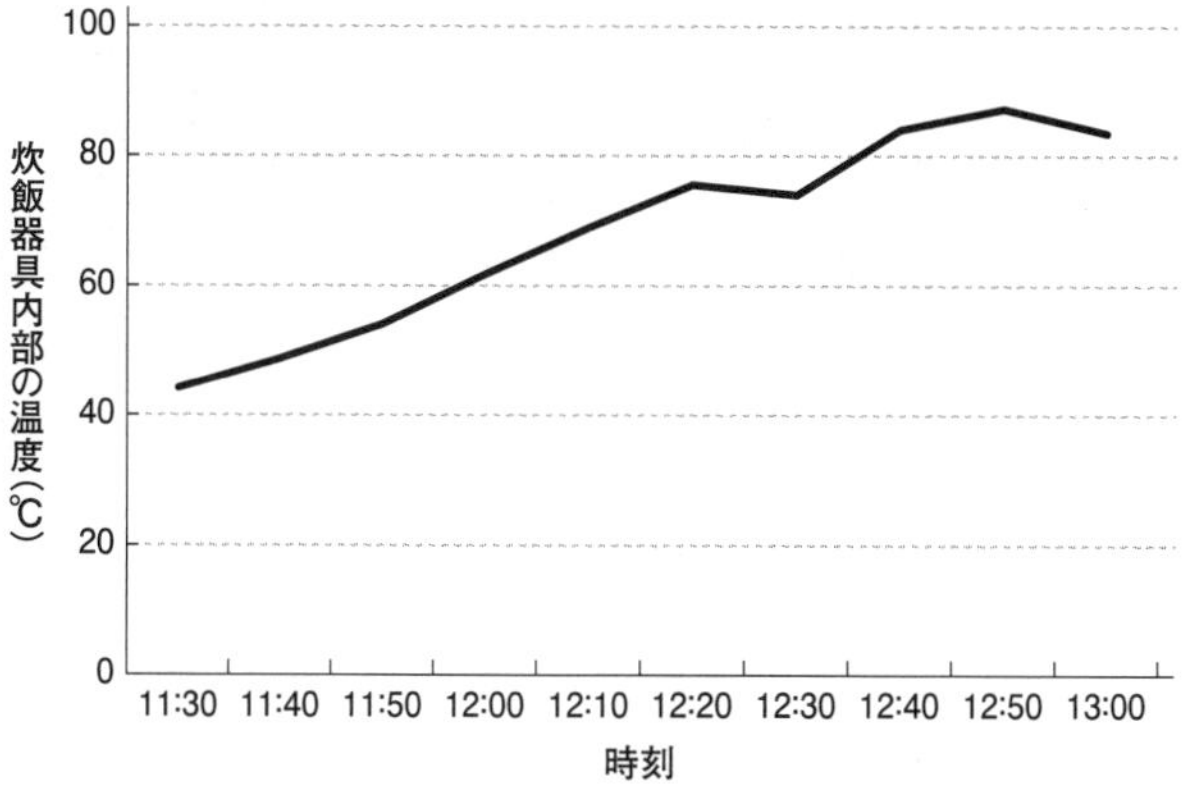

図2−8　実験時間と炊飯容器内の温度の変化

遠くからサイレンを鳴らしたパトカーがやってきた。もしや通報されたのか？　半裸で太陽光で米を炊くことが、それほど治安維持に反する行為なのか？　と思っていたら、「黒の×××の運転手さん、駐車禁止区域です、車を移動させてください……」とのアナウンス。駐車違反の取り締まりだった。いや、びっくりした。

そうこうしているうちに49℃に到達し、その数分後である開始20分後には50℃を超えた（図２-8）。だいたい１分間あたり１℃の温度上昇である。この開始から20分を経過したあたり、すなわち11時50分から正午を越えるあたりにかけては、南中の時刻にあたる。雲が切れ、日ざしの強さが増してきたこともあるかもしれないが、南中時刻のため太陽光が真上から降り注ぐ効果が出ているのかもしれない。図2‐8を見れば、11時50分あたりからの温度上昇の傾きが急になっているることがわかってもらえるだろう。僕は日陰に入るのも忘れて、熱電対の温度表示がどんどん変わっていく様子に見入ってしまった。ちなみに黒い車の持ち主は現れず、警察は違法駐車の切符を貼ってどこかへ行ってしまっていた。こんな暑い日だもの、部屋に引っ込んでしまっているに違いない。

突然の発火⁉

12時40分、とうとう80℃を突破。あと20℃で沸騰、米が炊ける、と喜びつつも、気がつけば実験開始から1時間が経過している。やっぱり米を炊くのは大変なのだなぁと思って、日陰にゴザを敷き、ペットボトルの水をちびちび飲みながら嫁が用意してくれた熱中症予防のタブレットをかじり始めた時、突如として炊飯容器から煙が上がり始めた。太陽の光の角度が変わり、まともに炊飯容器の表面に数㎜の焦点を作ってしまったのである。黒いビニルテープが燃えているのだ。

この実験では、レンズで集めた光を小さな一点に集中させる必要はなかった。レンズに受けた光を、1cm程度のぼやけた焦点にして、それこそ「燃えないように」炊飯容器に照射するように配置していたのだ。それがたまたま、数mm程度の焦点を作ってしまい、ビニルテープを溶かす温度に達してしまったのだ。レンズの力に改めて畏怖した瞬間だった。いっそのこと、このままテープが全部燃えてご飯が炊けたら楽だろうなと、悪魔の囁《ささや》きが聞こえてきたが、その欲望を振り切り、持っていたペットボトルの水をかけて消火。幸い、先ほど駐車違反の切符を貼ったパトカーも戻ってきてはいない。

温度計を見ると87℃（図2-9B）。若干、ペースが落ちてきた。水をかけたのだもの。己の愚かさに、僕は思わず天を仰いだ。そして嫌なものが見えた。分厚い白い雲が近づいてきた。

立ちはだかる90℃の壁

水をかけたのがきっかけとでもいうように、白い分厚い雲が現れて、12時50分過ぎに太陽を覆ってしまった（図2-9C）。みるみる温度が低下する。改めて太陽の光、すなわち直射日光の持つエネルギーの強さに驚いた。それから僕は1時間も粘った。隣の家からは昼ご

図2−9　実験の様子

A：実験開始時の温度。この後、黒いテープを炊飯容器（といっても空き缶だが）に巻いて実験を開始した。
B：最も炊飯容器内の温度が高温になった瞬間。あと10℃で米が炊ける温度になるのだが……90℃の壁は高かった。
C：開始から1時間20分後、空に雲がかかり太陽を隠してしまった。
D：実験終了後、炊飯容器から取り出したお米。食べてみると芯が残った失敗ご飯。無念。

飯の美味しそうな匂いがしてきたものの、僕のご飯は出来上がらないまま時間だけが過ぎていった。結局、温度は二度と上昇することはなかった。この日の最高記録は12時50分の87・1℃だった。

実験終了後、炊飯容器から取り出したお米を見てみると、いつもの半透明ではっきりした粒ではなく、白く濁っていた（図2-9D）。食べてみると、明らかに芯が残っている。不思議なことに、このようなご飯をどこかで食べたことがある。炊飯ボタンを押すべきところ、間違って保温ボタンを押して失敗したご飯だ！

実験には失敗したわけであるが、実際に実験してみて、気がついたことがある。放熱が大きなキーワードということだ。実験をした日はたしかに暑い日だった。日本全国でも残暑が厳しく、熱中症の疑いで東京都内で50人が病院搬送というニュースも報道されていた。ただ、8月の末ということもあり、時折涼しい風が吹いた。風が吹くと、熱電対が示す温度上昇は一瞬、ぴたりと止まるように思えた。アルミのついたてで装置をカバーしているつもりでも、風はどこからか入るわけで、炊飯容器の熱を奪ってしまっているようだった。次に機会があるならば、炊飯容器に工夫して断熱材を装着してみたい。

さらに反射板にも問題がある。参考としたパワー社の『ソーラークッカー』では、反射板のボディーの素材をベニヤ板としていた。僕はこのベニヤ板の工作に自信がなく、また、アルミホイルを貼りつけた時に滑らかになるよう（すなわちより光を反射できるよう）、表面が滑らかな塩化ビニルのシートを採用した。これがたぶん凶と出てしまった。設置したのち、反射板の傾きが当初とは変わってきて、実験の中で2回ほど角度を修正することになってしまった。反射板の角度は大事で、傾きが変わってしまうことで、実験途中で光をうまく炊飯容器に集められなくなってしまっていたのかもしれない。実は11時50分過ぎに、反射板の傾きを微修正したのであり、この後、先述した驚異的な加熱を見ることになる。次の機会があるならば、反射板については文献に指定された通りの材料と寸法で作り直してみたい。

今回の実験の結果は米が炊けず失敗ということになってしまったが、90℃近いお湯が作れること、そしてレンズを使うことで反射板以外にも光を集めて照射できる可能性を示すことはできたと思う。さらにいろいろ調べていくと、ソーラークッカーの大会というのも催されていて、最高記録は1・8Lの米を40分で炊き上げたというのだから、僕などはまだまだである。ソーラークッカーの奥行きはとても深そうである。

次にやる時は、明らかになった課題の解決とともに、日焼け対策をしっかりしておかねばと思う。僕の両腕と、首周りと、レンズの集光の具合を確認するために何度も右手を装置に突っ込んだせいで、右手の甲がすっかり日焼けしてしまった。なんだか夏休みが終わった小学生のような気分である。

コラム2

太陽光料理のコンテストがある?

太陽光で米を炊く実験をするために、いろいろ情報を調べていると、太陽光で調理をするコンテストがあることを知った。平成3年から群馬県の利根川河川敷で始まったというこのイベント。『ソーラークッカー』(パワー社)によると、平成3年の第一回にて、大谷さんというご家族が優勝され、その時の記録が8合の米を40分で炊くというものだった。結局2時間かかっても米が炊けなかったという僕の実験結果などは遠く及ばず、すごい記録だと思う。第一回でこの記録なのだから、その後どうなっているのか、恐ろしくなる。

このコンテストの面白さは、○○ファミリーとしての参加、というように、子どもたちも協力しているところにあると思う。実際、僕が太陽光で調理をしようとしてみて（結果は惨憺《さんたん》たる有様なのだが）、理解したことは、太陽光での調理は何かといろいろ準備が大変だということだ。まず食材の用意をしなくてはならない。そして食材を調理器具に入れ、太陽光の反射板をセットしなくてはならない。これらは成功か失敗かを決定づける重要なファクターで、準備も大変である。また、加熱がスタートしてからも気を抜けず、移動する太陽に合わせて反射板の角度の調整をしたり、温度のモニタリングも必要になるかもしれない。これを１人でやるのは難しく、家族でやるとスムーズだし、何より楽しいと思う（僕が実験中、嫁と子はクーラーの効いた部屋でテレビを見ていた）。

　家族でこうした実験をする——特に太陽光で調理をするのは、科学教育としても、とても価値があると思う。実際にこの実験に取り組み始めた時、太陽光での調理がこれほど奥深いものだとは思わなかった。まさか太陽の動きだとか、南中時刻だとか、米を炊くのに天文学のキーワードが出てくるとは想像できていなかったのだ。太陽光で調理する過程で、さまざまな理系的要素が加わり、「どうしてこうなるんだろう？」「どうしたらいいんだろう？」という疑問を、家族で語り合って、そして米も炊けるという、とても素晴らしいイベントだと僕は思う。

以前、僕がとある小説を出版した際に、産経新聞の取材を受け、「どうして理系が小説を書くのですか？」と尋ねられたことがある。そんなことを考えたこともなく、面白そうだから書いてみたというのが真相なのだが、改めて自分に問いかけると、一つ理由が見えてきた。僕の理系作家としての存在意義というものだが、それは中高生など、これから社会に出る年齢層に科学の面白さについて、知ってほしいということだ。

僕（この原稿を執筆時に41歳）が子どもの頃は、ロボットアニメが流行っていて、友だちと玩具店に行きプラモデルを買っては組み立てて遊んでいた。ロボットって、実際にどうやって操縦するんだろう、と友だちと考えたり、実際に水中モーターをロボットにくっつけて、風呂の中で泳がせたり無茶なこともした。そういう遊びが、現在僕が理系の道を歩んでいることにどれくらい寄与しているのかわからないが、今、何か実験をしている時に、ふとそうした子どもの頃の記憶がよみがえってくることがある。「こうしたらいいんじゃないかな？」という想像を膨らませる時の楽しさは、子どもの頃の遊びの時と似ていると思うし、子どもの頃にどんな遊びに触れていたかが、きっと社会人になった時の物事の考え方や何らかの基礎になっていると僕は考えている。そして先日、テレビを見ている時に、面白いものを見つけた。小惑星の土を持って帰るという人類の偉業を成し遂げたＪＡＸＡのチームのある方が、ミッションが成功した時に、報道カメラに向かって画用紙サイズほどの紙を掲げて見せた。そこには、あるロボットアニメの名ゼリフが書かれていた。一瞬だけ映り込んだその男性の正確な年齢はわからないが、たぶん僕と同じくらいか、少し上だと思われる。ああ、この人も昔、同じものを見ていたのだろうなと想像する。

さて、じゃあ現在の子どもたちはどうだろうと考えてみる。現在、子どもたちが熱狂するロボットアニメがあるだろうか？　別にロボットでなくてもよい。何か、自分の手で動かすことを想像できたり、作っている様子がイメージできたりするような理系的コンテンツが、子どもたちの手元にあるだろうか？　テレビのチャンネルを回していても、僕は見つけることができない。昔、子どもたちが手製の鉱石ラジオを作ってガーガーピーピー雑音が鳴る中で、かすかに聴こえてくる音楽にニコリとするような遊びが、スマートフォンの動画に変わってしまった現在。「これってどうやって動くんだろう？」という想像ができない領域に、今の子どもたちの遊びのフィールドがあるように思うし、自分でものを考えて遊ぶような機会が失われているのではないかと危機感を覚えるのだ。

危機感はあるが、絶望的であるかというと、そうでもない。スマートフォンというフィールドに遊びの場がうつり変わった今、自分でプログラミングしたり、動画を編集して世界に発信したりという、別の次元での理系的センスが磨かれる遊びが現れ、それがまた理系人間の新たな素養のベースを作っていくんだろうなと想像する。一方で、僕のような旧世代になってしまったおじさんたちは、少しでも手を動かして、目で見て、想像して何かを作る遊びも体験してほしいと切に願っている。そういう意味で、太陽光で調理をするコンテストに参加している子どもたちを見ると、とても嬉しい気持ちになるのだ。

第3章
自家製納豆の最適解

菌を育てるのが流行っているらしい

自宅で菌を育てることが流行っている。

そういうと首を傾《かし》げられる方も多いかもしれないが、「ホームベーカリー」や「カスピ海ヨーグルト」「塩麹《しおこうじ》」などと具体的なキーワードを挙げると、理解してもらえるかもしれない。パンは酵母菌、ヨーグルトは乳酸菌、そして塩麹は名前の通り麹菌を用いて、発酵の力で食材を加工する。近年は、ＳＮＳの情報発信と通信販売の簡便さが相まって、思い立った時に購入ボタンをポチッと押せば、これらの菌や食材、容器や器具が自宅に届く時代だ。発酵により栄養価が高くなったり、あるいは自分で発酵させることの安心さや楽しさが魅力だったりするのだろうと考えられる。ただ、自宅で発酵させる食品作りは近年から始まったわけではもちろんなくて、「ぬか漬け」や「味噌」などを自宅で作るという方は以前から多くおられた。そこで私も何か、菌を自宅で育てたいと思うようになった。

僕は日頃、酵母菌を生物のモデルとして研究に用いている。僕の実験室の冷蔵庫には10種類ほどの酵母菌が保管されている。ふとした時に「せっかく酵母菌の研究をしているのだから、パンくらい作ってみるか」と思ったこともあるのだが、ホームベーカリーの器具を検索したり、実際に作っている人のブログを読んだりするたびに、そのオシャレ感にくらくらしてしまい、手が止まる。丸くてかわいいデザインをしたホームベーカリーや、無添加・オーガニック・グルテンフリーという言葉を目にすると、「……失礼しました」と、入る店を間違えたかのように撤退してしまうのだった。僕はもっと、理路整然とした、単純明快、質実剛健な、それでいてサンフランシスコの海岸沿いの明るいストリートではなく大阪環状線の高架下のようなジメジメとした世界で菌と楽しく戯れたいのである。

そうして出会ったのが納豆である。

納豆との出会い

僕は27歳までずっと大阪で過ごし、それ以降、就職の関係で北陸地方に移り住んだ。27歳までは阪神タイガースを応援し、自宅にはタコ焼き器が2台あるというステレオタイプの大阪人だった。

大学院を修了し社会人になって数カ月後のある日、関東方面のとある地方に出張に行った。ホテルの名前は忘れてしまったが、そのホテルの朝食で納豆が出てきたことはよく覚えている。今にして思うと信じがたいが、初めて納豆を食べたのがその時だ。それまでは一度も食卓に現れたことがなかった（私の記憶の中では給食にも一度たりとも出たことはない。大阪というのはそういう土地だ）。

初めて食べた時の感想は「これは食べものなのか？」である。もちろん納豆の存在を知らずに27年間生きてきたわけではないが、藁《わら》に包まれた糸を引く物体を口に入れた瞬間に「これはアカンやつや！」と僕の全身が警報音を発し始めた。そうだ、ここまで原稿を書き進めて、ようやくホテルの名前を思い出してきた。水戸、という言葉が入っていたと思う。人生で初めて食べた納豆が、よりによって日本で一番強烈な水戸納豆だった、というわけである。

その後、僕は北陸に移り住み、そこで北陸地方の女性と出会って結婚した。嫁は何の疑いもなく、普通に食卓に納豆を出した。不思議とその納豆は食べることができた。北陸地方のスーパーで売っている納豆は、水戸のものと味や粒の大きさが大きく違っていて、藁にもくるまれていなかった。そして毎日食べるうちに納豆がむしろ好きになっていった。ネギと刻み海苔《のり》をかけて食べると、ことのほかうまいことも発見した。納豆を食べるようになり、いくつかのスーパーをめぐって納豆を探すようになると、納豆の多彩さにも興味を持った。

「ようし、納豆を作ってみるか」

ホームベーカリーのオシャレさは納豆にはない。日本男児的な響きも好きである（僕の勝手な印象です）。そういうわけで、納豆の作り方を調べてみることにした。

自家製納豆作りに立ちはだかる壁

納豆の作り方を調べるため図書館に行ってみた。納豆に関する本をいろいろ調べて回った結果、数多《あまた》の学術書よりも『菌の絵本　なっとう菌』（農文協）というものが一番わかりやすかった。絵本なのだが、かなり専門的なことまで書かれていたので、これを参考にすることにしよう。

納豆の作り方をおおまかに整理すると、

①大豆を煮る。
②納豆菌を①にうえつける。
③約40℃で保温し、納豆菌の活動により発酵させる。
④4℃ほどの冷蔵を経て、食す。

菌・ウイルスの名前	滅菌の条件
サルモネラ菌	75℃で1分。
腸炎ビブリオ	60℃で10分以上。
ノロウイルス	85～90℃で90秒以上。
セレウス菌	芽胞を形成し、熱に強く100℃で30分加熱しても生存。120℃で15分以上の滅菌が必要。
ボツリヌス菌	おおむね同上。
納豆菌	おおむね同上。

表3－1　菌およびウイルスの滅菌の条件

となる。

①は容易にイメージできる。豆を柔らかくするのと、雑菌を殺すために加熱するわけだ。ここが不十分だと、豆が硬く納豆菌の繁殖が妨げられ、また、雑菌が繁殖して食中毒の原因となり危険だ。表３‐１に、代表的な食中毒菌およびウイルスと、滅菌・不活性化に必要な時間をまとめた。この表を見ると温度に弱い菌や、そうでないものなどいろいろあることがわかる。

表３‐１の中で、セレウス菌やボツリヌス菌、そして納豆菌は、芽胞を形成して、一時的な休眠状態の形をとる菌であるが、この状態の菌は熱に対してとても強い。１２０℃で約15分の加熱でようやく滅菌できる。ちなみに生物学の実験の世界では、１２０℃で約15分の加熱であらゆる細菌を殺すことができると考えている。１２０℃という温度は通常の水では実現できないので（水は１００℃で沸騰してしまいますね）、圧力を加えて１２０℃でも沸騰しないように工夫する（逆に圧力が低い

富士山山頂などでは87℃程度で沸騰します）。

次の②で手が止まる。納豆菌って、どこで手に入れるんだ？　これも『菌の絵本　なっとう菌』を調べると、天然の藁などについた納豆菌を大豆にうつす（a）、市販の納豆を混ぜる（b）、純粋な納豆菌を購入する（c）、という方法がある。容易なのは（b）で、納豆を自分の家で作る人はこの方法で作ることが多いらしい。ところが参考にした書籍によると、（b）の場合でも、自作した納豆から次の納豆を作ることは勧められていない。衛生管理がきちんとした工場ならばともかく、一般家庭ではどこかの過程で雑菌が入る可能性があるのだ。（c）の方法で用いる純粋な納豆菌は、通信販売により１０００円ほどで購入することができる。では（a）はどうすればよいか。天然にいる納豆菌を捕まえてくることができれば納豆菌についてはタダ、永久納豆機関の完成である。ところが納豆の作り方の本によると、そこいらの藁についている菌を使って作っても「食べるな！」とのこと。滅菌していない藁だとサルモネラ菌などの食中毒菌が付着している可能性があるので食べてはいけないということだ。まてよ、僕が27の時に食べた水戸納豆は藁に包まれていたぞ、あれは何か、宇宙からきた物体だったのか？　そう思って別の文献、『謎のアジア納豆』（高野秀行／新潮社）を調べてみると、稲藁で包まれた市販の商品は、稲藁を滅菌した後に、改めて納豆菌を付着させて作っていることが判明した。どうやら滅菌しない稲藁を使うことは保健所がなかなか許さないらしい。

さて、この実験で実際に作ろうとする時、(a)(b)(c)のどれを選択するか決めなくてはならない。実験するならば……全部だ!

残る納豆の作り方の③と④は理解しやすい。40℃の温度で納豆菌を働かせて発酵させ、そののち、菌の活動を休ませてから食すというわけだ。問題は、どのように40℃の温度を実現させるかである。参考にした書籍では、温めたペットボトルを、大豆と納豆菌を入れた発泡スチロールの容器に入れて毛布で巻くとよいと書かれているが、もっと簡単な方法を試したい。部屋の中で常に40℃前後の場所があるはずで、そこで納豆菌を育てるのはどうか? 文字通り菌と暮らすことになるわけで、その語感がなんとなくオシャレなホームベーカリーやカスピ海ヨーグルトよりも先んじている気がする(気がするだけです)。

実験の内容は固まってきた。実験では次の三つのリサーチを順に行っていくことにする。

リサーチI:自宅で納豆を育てる場所はどこがいいかを探す。

リサーチⅡ：天然の藁についた納豆菌（a）、市販の納豆（b）、純粋な納豆菌（c）、それぞれをもとにして納豆を作る（aについては安全のため食さないこととする）。

リサーチⅢ：食中毒の原因となるサルモネラ菌がいないか確認する。

この実験では、作るだけではなくて、生物学の研究をしている僕が持っているツールを活用し、リサーチⅢとしてサルモネラ菌の有無を確かめることにした。リサーチⅡの（a）（b）（c）で作った納豆に対して、サルモネラ菌だけが生えてくる固体培地（栄養成分と菌を選択する薬剤を含む）を使って、サルモネラ菌の有無を調べてみるのだ。

それでは実験を開始しよう。

納豆作りに適した場所はどこだ？（リサーチⅠ）

唐突であるが、猫を飼っている人は、猫がいつも好き好んで居る場所があるのをご存じであろう。僕も昔、猫を飼っていた。タンスの上、テレビの横など、猫がいつも座っていた場所があった。これと同じように、納豆菌が心地よいと思う場所が家の中にあるはずだ。具体的には、常に約40℃の場所だ。温度計を持って測って回るのもいいが、ここはサーモカメラを使って調べてみたい。

サーモカメラとは、接触せずに物の表面の温度を測定するカメラである。熱源からは赤外線という波が出ていて、温度が高いほど熱源から多量の赤外線が放出されている。これをもとに温度に換算して表示するのだ（サーモカメラから何かが出ているわけではない）。

猫がテレビの近くに座り込むように、納豆菌にとって心地よい場所を探してみよう。サーモカメラを使って、僕の家のキッチンや居間のあたりの温度を測定してみた。測定した時期は8月だ。冬であれば、有力候補のコタツを出しているかもしれないが、この時期には押し入れにしまわれている。

まず、最も暖かそうな場所として、炊飯器の蓋を思いついた。炊いた米を保温している炊飯器に触れるたびに「熱いもんだなぁ、電気代がかかるなぁ」と思ったことがたびたびあったのだ。サーモカメラで測定してみると、炊飯器の蓋のある部分だけが異様に高く、37℃ほどある。ここに納豆を置いて保温のためのタオルで覆えばちょうどよい温度になりそうだ。

次に暖かそうに思えたのは冷蔵庫の側面だ。子どもがおもちゃを冷蔵庫の裏に転がしてしまい、取らされた時に頬に冷蔵庫の側面があたり「えらい熱いな！」とびっくりしたことがある。果たして何℃なのか。サーモカメラで測定してみると、温度はそれほどでもなく、だいたい30℃である。冷蔵庫の側面は候補から外れそうだ。

その後、部屋中さまざまな場所を測って回ったが、40℃くらいのところはなかなか見つからない。唯一、意外な場所の温度が高かった。テレビの裏である。それも手のひらより小さな面積の部分だけが38℃程度ある。昭和時代のブラウン管ならともかく、液晶テレビでは温度が高くはならないだろうと、勝手なイメージを持ってしまっていたため、あやうく見過ごすところであった。図３‐１にサーモカメラの測定の様子を、図３‐２に温度測定の結果をまとめたものを掲載する。今回、納豆を作るのに適した場所として、「炊飯器の蓋の上」と「液晶テレビの裏」の二つを試すことにしよう。

自家製納豆、三つの作り方（リサーチⅡ）

納豆を作る作業は、大豆を用意するところから始まる。できる限り小さい大豆の方が、素人でも美味しく作ることができると、指南書である『菌の絵本　なっとう菌』には書かれて

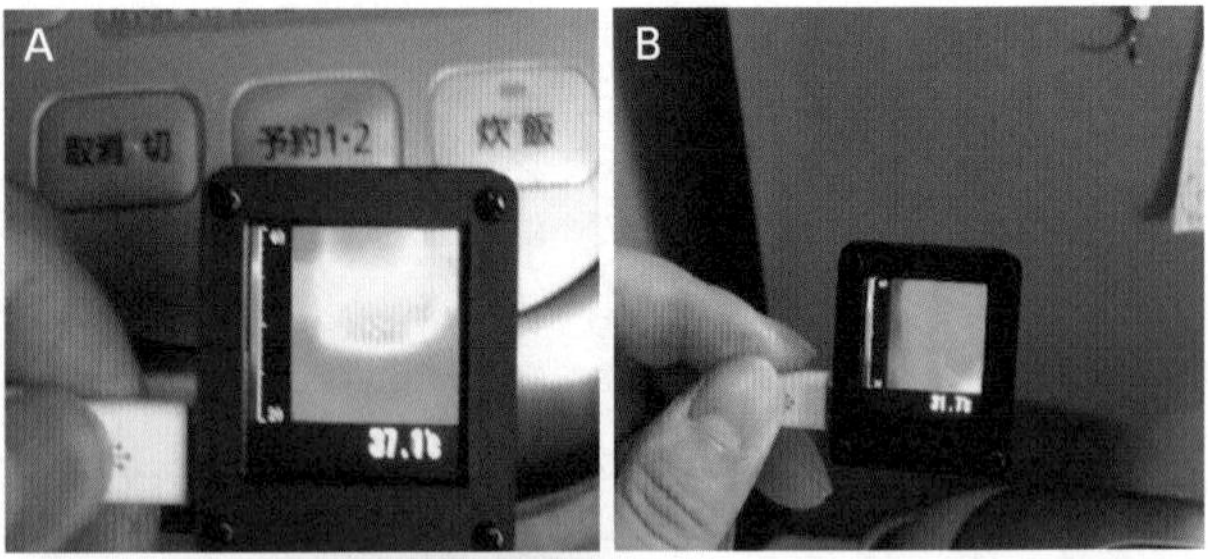

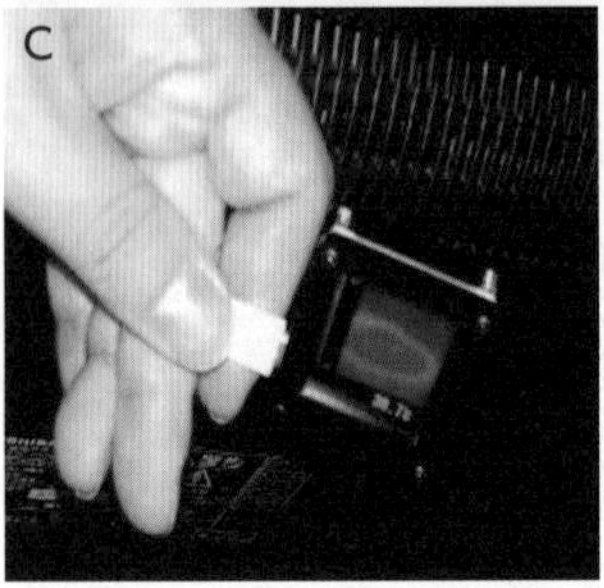

図3－1　サーモカメラによる家電製品の温度の測定

A：炊飯器の蓋。
B：冷蔵庫の側面。
C：液晶テレビの裏側。
測定は最も温度の高い箇所を探し、サーモカメラを約20㎝離して行った。サーモカメラはAMG8833IR（kkmoon）を使用。温度計測の精度は±2.5℃。

いる。スーパーで探してみると、水煮の大豆が売られているが、心なしか粒が大きな気がする。初心者にもっといいのがないかと思っていると、乾物コーナーには直径5㎜ほどの小粒の大豆が売られていた。水で戻して使うことになるわけだが、「水を吸ったとしてもそんなびっくりするほど大きくならんだろう」と思って購入。その夜、説明書きの通り鍋に張った水につけること8時間。翌朝確認すると、豆はびっくりするほど大きくなっていた。よく考えれば、どちらも大豆だものな。しかたない。これでいくか。

さて、次に大豆に納豆菌をうえてい

図3−2　部屋の中で納豆にとって快適な場所探し
実際の間取りをデフォルメ（リビングとキッチンをまとめている）。

く。

まず（a）として、昔ながらの方法である、大豆を藁で包むことで納豆を作ってみる。このためには天然の藁を入手しなくてはならない。この文章を書いているのは8月で、まさに稲が穂を実らせんとする時期であり、稲藁など手に入らないと思われた。しかし、奇特な人がいるもので、稲藁を売っていることがわかった。５００ｇの藁を１０００円ほどで購入した。藁を必要としない人からすると、高いっと思うだろうが、ないものは買わなければならないわけで、こうして経済って成り立っているんだなどと、通信販売の画面の前で頷《うなず》いていた。

この藁の束の中から長さが30㎝ほどのもの

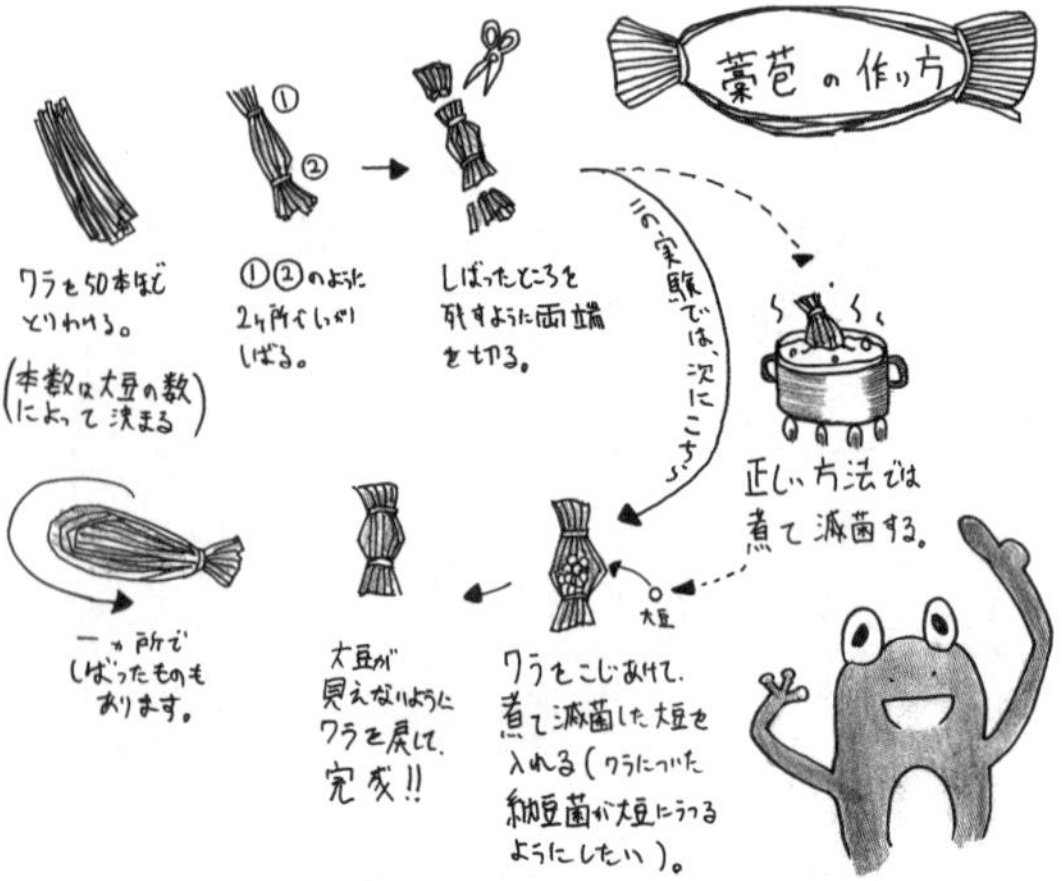

図3−3　藁苞納豆の作り方

食用にするならば、藁苞を十分に加熱することを忘れないで。

を50本ほど選び、大豆がこぼれないように藁で包む。この藁のことを藁苞《わらづと》という。図3-3のような手順で作る。こうすることで藁についた天然の納豆菌が大豆に移動して、大豆を納豆に変えていくのだ。

次に（b）として市販の納豆（パックで食品売り場に売られているもの）に含まれる納豆菌を使って作る。『菌の絵本　なっとう菌』を参考にし、市販の納豆を2～3粒、コップに入れた水（100ml）の中で撹拌し、納豆菌がうつった水（5ml）を作り、大豆に混ぜた。そして直径5cmほどのプラスチックの容器に移した（図3-4）。蓋をしめて完成。使用したコップ、撹拌のためのスプーンなどは、すべて事前に20分間、鍋で煮て滅菌したものを用いた。

最後に（c）として、純粋な納豆菌である高橋祐蔵研究所の「粉末納豆素」を取り寄せて、これを用いて納豆を作った。まず納豆菌の水溶液を作る。説明書に従い、滅菌した水（湯冷まし）に対して０・１gの納豆素を加えて攪拌する。大学などの実験室では、０・１gを測りとるために電子天秤などを使うが、家庭ではなかなか見かけないだろう。しかし、この製品では、ちゃんと適量測れるよう薬さじがついている。続いてこの納豆菌溶液を１ml、大豆１００gに加えて納豆菌を大豆にうえつけた。これを（b）の時と同様のプラスチック容器に入れて、完成だ。

図3−4　市販の納豆を用いて自家製納豆を作る様子

（a）（b）（c）それぞれの納豆の仕込みの様子を図３-５にまとめた。

ふと、納豆菌を大豆に「うえる」「うえつける」という動詞が正しいのか気になった。僕は普段は酵母菌を使った実験をしているが、培地で酵母菌を育てる時は「培地に細胞をう

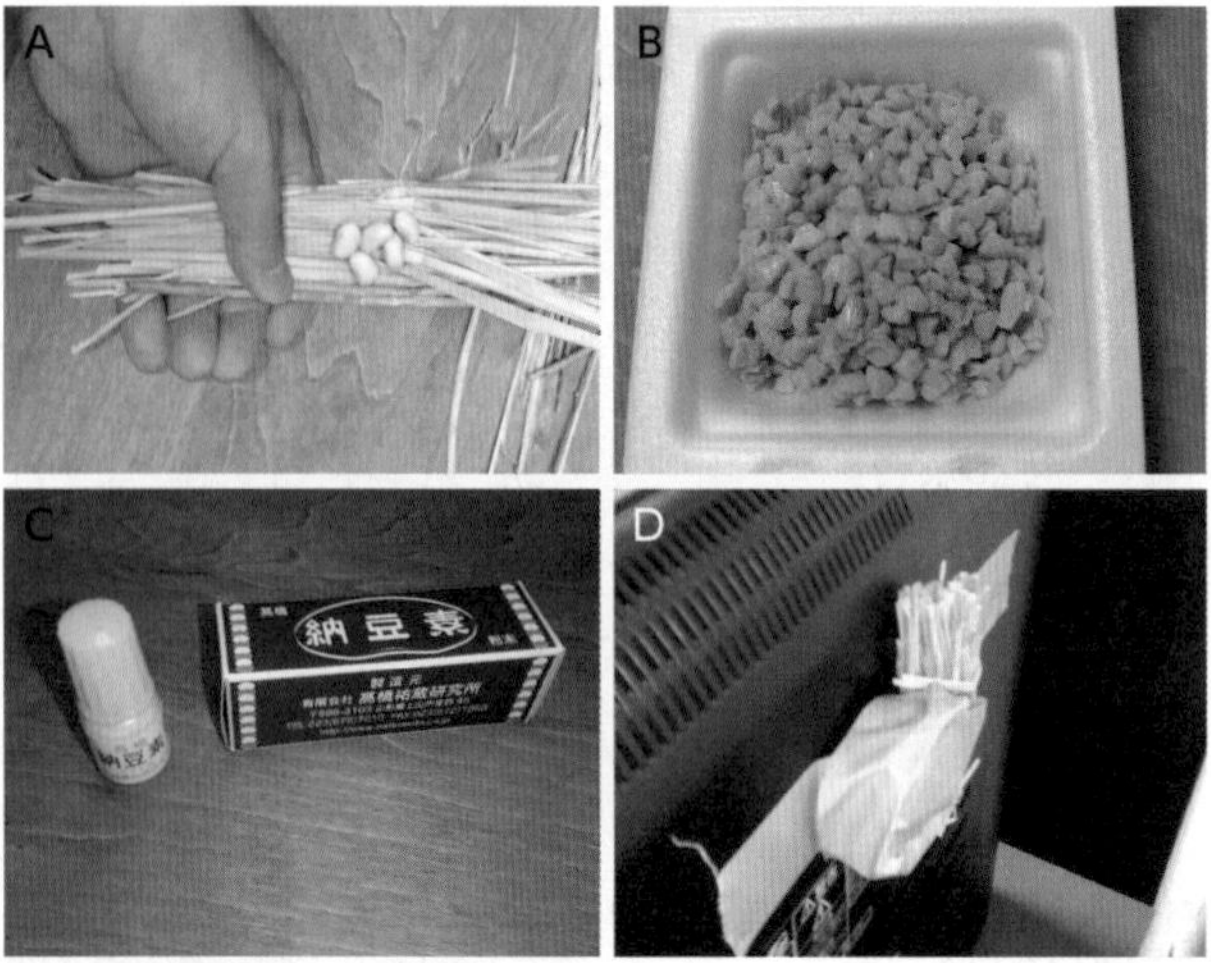

図3－5　納豆の仕込みの様子

A：大豆と藁。
B：市販の納豆（福井県池田町産）。
C：高橋祐蔵研究所の粉末納豆素。
D：作った納豆を液晶テレビの裏に張り付けたところ。

えるという言い方をする。そして僕の研究室ではハムスターやヒトなどの哺乳動物細胞も使っているが、こちらは「細胞を播《は》種《しゅ》する」と言う。調べてみると、このほかにも細胞を「まく」や「うつす」という研究者もいるようだ。研究者によってどんな言葉を使うか違う、曖昧なものなのだろう。本書では、納豆菌を「うえる」という言葉を使うことにする。

さて、納豆菌を育て始めて3時間が過ぎた夕方、一つの問題が生じた。ご飯を炊きたいと嫁が言い出したのである。それまで炊飯器の設定は「保温」になっていて、炊飯器の中にはわずかばかりの米が残っていた。これを丸めておむすびにして、新たに米を炊くと言い出した。たしかに僕も晩ご飯がなくては困る。いったん納豆菌たちに炊飯器の蓋から移動してもらい、炊飯器は「炊飯モード」に。アツアツの湯気をサーモカメラで測ったら、50℃くらいある。ついでに嫁も測ってみると、おでこのあたりの温度が高い（図3‐6）。突然、炊飯器の上で僕が納豆を作り始めたことに立腹しているのかもしれない。うまくなだめておく。

　さて、それぞれの場所で1日（24時間）過ごした納豆の様子を確認してみる。まず藁を使って作った納豆（a）については、炊飯器の蓋に置いたものは残念ながら乾燥しきっており、糸も引いていなかった（図3‐7）。参考にした『菌の絵本　納豆菌』によると、「糸を引くかどうか」および「腐敗臭がしないか」という2点が「納豆ができた」ことを示す基準らしいので、これは残念ながら不合格だ。一方、テレビの裏に置いたものは、少し乾燥していたものの、わずかに糸を引いた。匂いを嗅ぐと、腐敗臭は

図3−6　立腹する嫁のサーモグラフィー画像

図3−7　炊飯器の蓋で発酵させた納豆

左側が藁苞で作ったもの（a）、右側が市販の納豆製品を用いて作ったもの（b）。藁苞の方は豆が乾燥してしまっている。

なくちゃんと納豆の匂いがした。

炊飯器の上と液晶テレビの裏で何が違ったのだろう。もしかすると後者はガムテープでとめた違いがあるのかもしれない。炊飯器の蓋の場合と違って、固定のためのガムテープが水分の蒸発を防いでくれていた可能性がある。これらの結果から、藁には納豆菌がたしかに付着していることがわかる。また、水分量はある程度なくてはならないということも示された。

続いて（b）と（c）を確認する。こちらはプラスチックの容器に入れてあるので、水分の蒸発はない。おそるおそる確認すると「炊飯器の上」も「液晶テレビの裏」も、大豆は糸を引いていて腐敗臭はない。どちらも納豆になっていた！

特に（c）については（b）よりも納豆の匂いを強く感じ、糸も十分に引いた。さすが専用の納豆菌の素というべきか。（b）と（c）の二つも冷蔵庫に入れて馴染ませよう。

自家製納豆と食中毒菌（リサーチⅢ）

納豆を自宅で作るというのは、いろいろな人が試していて、ネット上に記事を載せている。これまで述べた通り、納豆菌や藁までもが通販で気軽に買うことができるのだ。そこで本書では独自色を出すために、食中毒の原因となるサルモネラ菌の検出試験をやってみたい。

調べたい菌が食品中にいるかをテストする方法はいくつかあるが、一般的な方法はＰＣＲ検査か、選択培地による培養だと考えられる。前者は、ポリメラーゼと呼ばれる酵素を用いて人工的に任意の遺伝子を増幅するもので、目的とする菌（生物）の遺伝子配列があるかどうかを判定するものだ。新型コロナウイルス感染症の判定に用いられていることで一躍有名になった。僕も日常的に研究で使用している手法だが、自作の納豆の中にサルモネラ菌がいるかどうかという、個人的興味のために使うわけにはいかない。ＰＣＲの装置自体は数百万円するもので、ちょっと個人的に買える代物でもない。

もう一つの方法は、選択培地を使うもので、調べたい菌だけが生えてくるような特殊な成分と栄養成分を含む寒天（杏仁豆腐などで使われる）でできた培地を使って調べるものだ。何かが生えてきたら、それは調べたい菌だ、というわけだ。この後者の方法であれば、比較的安価（20枚の培地で３０００円程度）で選択培地を用意することができる。この後者の方法で、（a）（b）（c）の方法で作った納豆の中にサルモネラ菌がいないかどうかをテストしてみた。それぞれの納豆を１粒、10mlの水の中で攪拌し、菌を水にうつす。その水を１ml、サルモネラ菌を判別できるＤＨＬ寒天培地（極東製薬工業製）の上にうえて、１日、室温で培養した。ちゃんとした研究であれば、37℃に設定したインキュベーターで培養するが、この実験では自宅で実施できる範囲で行いたいので室温で培養した。

まず図３-８Ａをご覧いただきたい。この培地でサルモネラ菌を培養した場合に現れるコロニー（細胞の集団）の様子である。サルモネラ菌であれば、白いコロニーを形成する。一方、我々の手にも付着していることがある大腸菌の場合は赤いコロニーを形成するので、区別できるわけだ。さて培養した結果を見てみると、市販の納豆と純粋な納豆菌の場合はコロニーはない（サルモネラ菌も大腸菌もないようだ）。そして問題の藁であるが……白いものが見える（図３-８Ｃ）。

しかしよく見ると、サルモネラ菌のコロニーではない。コロニーは表面がつるりとしている（イメージとしては「なめ茸」の表面に近い）。図３-８Ｃのこれは……カビだ。

僕の実験ではサルモネラ菌は検出できなかったが、天然の藁には何かしらの微生物がつい

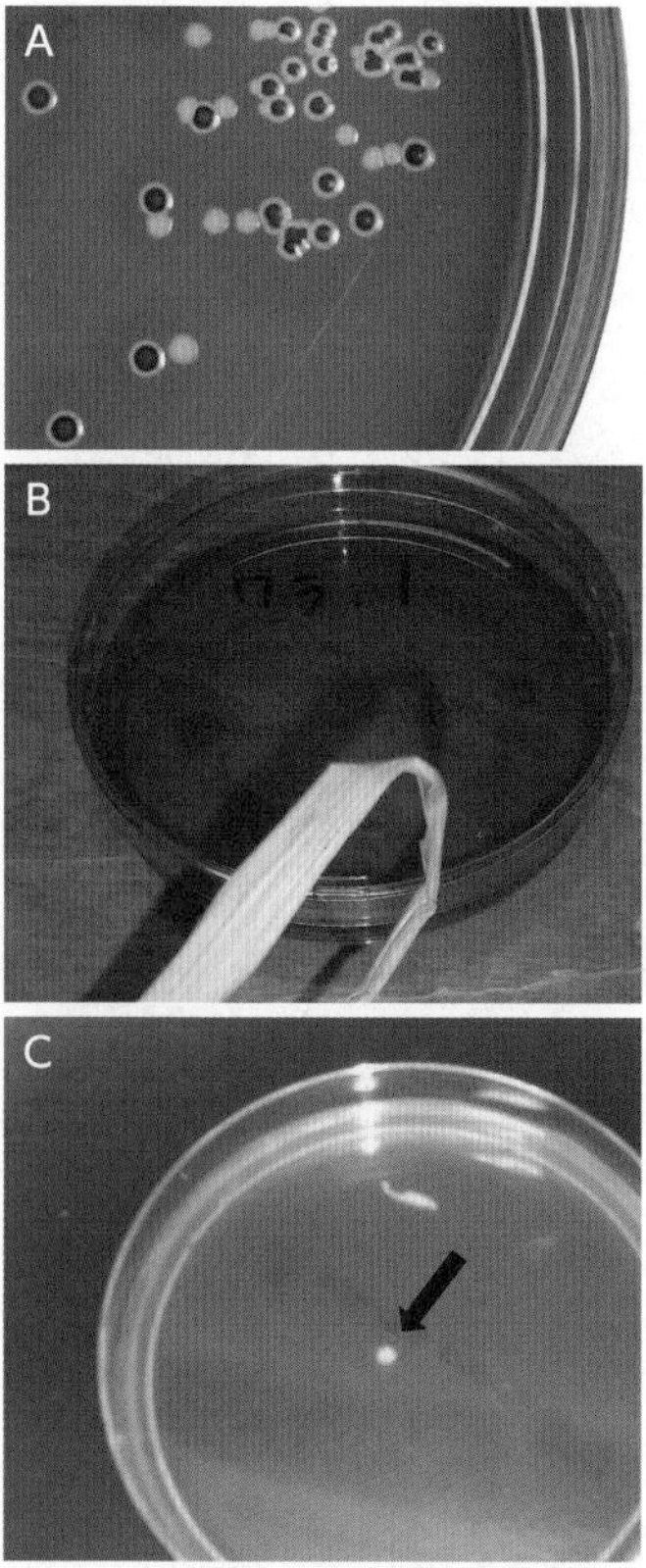

図3－8　DHL寒天培地によるサルモネラ菌の確認

A：サルモネラ菌（白色）や大腸菌（赤）などのコロニーの例。それぞれ色で区別ができる（写真提供／極東製薬工業株式会社）。
B：藁を使って作った納豆を培地にうえる。この後に培養。
C：１日培養した後に、白い点（矢印）が発生……しかしよく見るとこれはカビだ！

ている可能性が高い。先にも示した通り、天然の藁で納豆を作ることはお勧めできないという結論に変わりはない。

いよいよ実食

市販の納豆を使って発酵させた納豆である（b）からいただく。色はもともとの市販の納豆より若干薄く、粘りも少ないように思える。これまで納豆作りのことを調べてきて、食中毒菌のことが頭にこびりついていて、実のところ、口に入れるのが怖い。おそるおそる口に入れる。変な味はしない。むしろ、納豆の風味があまり感じられない。嫁は僕のことを信用しているのか、もしくは発酵食品に対して抵抗がないのか（たぶん後者だろう）、ご飯に僕の作った納豆（b）をどさりと載せて食べた。

「……納豆の苦手な人にはちょうどいいかもね」

うまくフォローしてくれたのだが、ようは味が薄いようだ。

次に純粋な納豆菌を使った（c）も食べてみた。こちらは見た目の通り、口の中でも十分に糸を引く食感はあったが、（b）と同様に納豆の風味としてはいまひとつだった。

納豆素という専用の製品を使ってもこれかと落胆しつつ、何か失敗している要素がないか検討した。そこで一つ思いついたのは、「酸素が十分ではなかった」という点だ。

納豆菌の増殖には酸素が必要だ。容器に対して豆の量を多く入れると、酸素が全体にいきわたらず、納豆菌の活動が限定的になるようだ。いくつかの納豆作りの本やブログには、「容器の蓋としてラップをまいてつまようじで穴をあける」とか、「密封しない」などと書かれているが、これは酸素を納豆菌に届けるための工夫だ。一方で、「容器を密封する（ほかの雑菌が入らないようにするため）」という表現も見られ、統一されていなかったりする。

この点、酸素を取り入れるために、蓋をしてラップをかけて空気穴をあけたパターンで（c）について実験をやりなおしたところ、市販の納豆に負けず劣らずのものが完成した。いつものようにネギと刻み海苔をかけて食す。うまい（図３－９）。

実際に納豆を作ってみて、物事には手順があり、手順には理由があることを再発見した思いだった。顕微鏡もない昔から、納豆菌は藁に住んでいること、および発酵という概念が明らかでない中で暖かい場所に１日置くことで納豆が作られることを発見したことのすごさを思い知った。顕微鏡やＰＣＲ装置もある現在、先人の知恵の一つひとつを科学的に検証する

ふと思うのだった。出来上がった大量の納豆を食べて片付けながら、このはとても面白いことなのではないかと、

図3−9　手作り納豆の最終形態

乾燥ネギと海苔をかけて食べると、実に美味。さて、あと29.5kgぶんの納豆素が手元にある……。

コラム３　あなたの心の味は何ですか？

前述したように職場（大学）には、さまざまな国から留学生が訪れる。ある年はインドネシアからの留学生が７人もやってきたことがあって、一大インドネシア・コロニーがキャンパス内に出来上がった。彼らは来日したての頃、まだ日本語もチンプンカンプンで、大学近くのスーパーマーケットでは英語もサッパリで、何をどこで買えばいいか途方に暮れていた。僕は車で30分ほどの場所にある、アジア食材の店に彼らを連れて行った。アジアの食材を直輸入して販売する、コンビニの半分くらいの大きさの店なのだが、目新しいものばかりで、僕は数か月に一度くらいの頻度で立ち寄ることにしていた店だった。

僕たちの住む町は、自信をもって「地方」と言えるようなところなので、外国食材を扱うような店はその一軒しかない。僕の車に乗ったインドネシア人たちは、彼らの言葉で、たぶん「えらいところに来てしまったなァ」と言っていたのではあるまいか。そうして左右に田んぼが広がる道路を延々走った後、ようやく店に到着し、入るや否や、一人が素《す》っ頓狂《とんきょう》な叫び声をあげた。

「紫玉ねぎですよ、これを探していたんです！」

店の入り口に袋に入ったまま並べられていたその野菜は、一般的なものの半分くらいのサイズの紫色をした玉ねぎだった。これまで僕は一度も見たことがないものだった。それからインドネシア人の集団は、紫玉ねぎについてあれこれと語りだした。後で英語で説明してもらうと、どうやら価格が非常に高いらしい。インドネシアの6倍はするという。それでも彼らは3袋ほど購入して、僕の車に積み込んでいった。この玉ねぎでしか作れない料理があるとのことだ。

そして彼らは一つひとつ、故郷の食べものを見つけては歓声をあげた。ある男性の学生は、故郷に残してきた恋人が勧める飲料会社の製品を、この店の冷蔵庫で見つけたとのこと。彼はひとしきり冷蔵庫の前に佇《たたず》んでいた。僕はその飲みものを一つ買って、後でゆっくり味わってみた。飲んだことのない味だった（恐ろしいほど甘いお茶だった)。

そして、彼らは納豆を見つけた時に、さらに大きな歓声をあげた。

「どうしてこれがここにあるの!?」

彼らの国での納豆は「テンペ」といい、日本の納豆菌とは違いクモノスカビによって作られる。見た目も大きく違い、テンペは一見、白い板に見える(ナッツ入りのホワイトチョコレートバーのようだ)。厳密には日本の納豆とは違うのかもしれない。そして彼らは納豆に対する英語を知らず、僕に対して「豆です。板状の豆です」と説明してくれた。ちなみに、それが納豆だということを僕が知ったのは、レジで店員(ベンガル語がしゃべれる日本人)に説明を受けた時のことだ。

こんなに喜ぶなんて、連れてきてよかったなぁ、と僕は思う反面、もし自分が海外に長期滞在することがあった時、同じように食材の入手に困るのかと心配にもなった。

僕の海外最長滞在記録は、わずか8日間である。オーストラリアのメルボルンで、現地の食べものがそれなりに美味しく、日本食を懐かしむ余裕がなかった。特にハンバーガーはパテが分厚く、ペッパーが絶妙に効いた、とびきりの美味しさで、つけ合わせのポテトもカリッと揚がっていて、毎日でも食べることができた。しかし、あと2週間そこにいたら、どうなっていただろう？　帰りの飛行機の中で僕は胃腸薬を飲んだ記憶がある。オーストラリアの比較的脂っこく、量も多めな食事が、確実に僕の胃腸を困らせていたのだ。関西国際空港に降り立って、和食の店に入りお茶漬けを食べた時に、僕は安堵《あんど》の息をついた。インドネシア人たちが日本の地方都市でテンペを見つけて大喜びしたように、僕もオーストラリアに長期滞在している中で米と緑茶を見つけたら、小躍りしたかもしれない。そしてもし、納豆が大好きだったら？　僕は相当に困っていただろう。これまで海外に10か国ほど立ち寄ったことがあるが、その間僕は一度たりとも納豆を発見しなかったのだ。

『謎のアジア納豆』（高野秀行／新潮社）には、ミャンマーの奥地で地元ゲリラ組織の取材中に、日本のものと寸分たがわぬ納豆が現れて感激したというエピソードが紹介されている。その食材がマニアックであるほど、ふとした瞬間に目の前に現れれば（そして故郷を求めている時であればなおのこと）、人は強く心を打たれるのだろうなと思う。

さて、自分の場合はどうだろう？　僕が海外に出て、そこで出会ってホッとした食べものって何だっけ。そうして思い出したのは、フィンランドのヘルシンキ・ヴェンダー国際空港に入っているマクドナルドのチーズバーガーだった。乗り継ぎのフライトが遅れに遅れて途方に暮れていた時、2食続けてチーズバーガーを食べた。あの時の安堵感たるや。世界中どこにいても「チーズバーガー」がそこにあり、期待を裏切らない安心感といったらほかにない。僕の舌はいったいどうなっているんだ、というお話である。

これはオーストラリアのメルボルンで食べたバーガーのセット。たっぷりのポテトとともに。メルボルン中央駅に入っている（夜はバーをしている。こういう店はたいてい美味しい）。これが僕のソウルフード？

第4章
インスタントラーメンの限界点

忙しい人は食べてはいけない？

大学教員はインスタントラーメンが好きである。もちろんほかの職種の方々にも好きな方はおられると思うが、特に相性がよいものだと勝手に思っている。私の思う大学教員の特徴は、

・食に対するこだわりがそれほどない（基本的に食事は腹が膨れればいいと思っている）
・食事に金をかけたくない（小遣いが少ない）
・ゆっくり食事をとる習慣がない（早く食事を済ませて別のことをやりたい）

だと思っている。異論はあるだろうが、私はこんな感じだ。そうするとインスタントラーメンとの親和性が高くなる。スーパーマーケットで安く売り出している時に箱単位で買っておいて、研究室に積み上げておき、1か月ほどかけてゆっくり消費していく。ラーメンのしょうゆ味、とんこつ味、そしてうどんがあれば素敵だ。気分によって変えることができる。

「ようし、今日はうどんにするか、それともとんこつラーメンかな。やっぱりうどんかな」

などと研究室で悩んだ後、３分後にはもううどんがデスクに載っている。なんと効率がいいことか。

ところが、昼食にインスタントラーメンを食べることにはリスクがある。健康のリスクはもちろんあるが、私が困っているのは来客である。

基本、私のような中堅の大学教員には、多種多様な仕事が降ってくる。授業や研究はもとより、事務仕事、試薬の管理、さまざまな委員会への出席、会議資料の作成、試薬や実験器具販売の業者との交渉、そして学生の相談などの仕事を、四六時中テキパキとこなさなくてはならない。

自分の研究室に誰かが訪ねてくることもしょっちゅうある。特に学生数が多い研究室は、ひっきりなしに彼らが訪ねてくる。「実験データの処理方法がわからない」「教務課に出す書類の書き方を教えてほしい」「参考書を貸してほしい」など。時には留学生から「アパートの水道の蛇口から水漏れがある」という訴えもある。そういうこまごまとした対応を、僕のような下々の教員は担当せねばならぬ。さて、インスタントラーメンにお湯を入れて３分がたち、箸を持った頃にそのような訴えがくることが多い。

「今食事中なんだ、後にしてくれ」と言って追い返すと、事務室からの内線電話が鳴って、

図4−1　お湯を入れて長い時間が経過した後のカップラーメンについての心象風景

実際は麺がこのように飛び出るわけではないが……。

書類の山の中から必要な領収書を探す羽目になったり、それが一段落して再びインスタントラーメンに向き直ったと思ったら、教授が「ちょっと話が……」と言って入ってきたりする。そうこうして20分ぐらい経過すると、もうラーメンは伸びきっていて涙の味しかしない。おにぎりや、いなり寿司では起こりえない問題が起こるのだ。インスタントラーメンは待てない。お湯を入れたら万難を排し、ひたすらに麺と格闘し、完食までの数分間集中しなくてはならない。しかし、そうもいかないのが下僕の教員（だんだん形容詞が変化していますね）の宿命だ。そんなある日、とうとうお湯を入れて33分経過し、4人の来客者に蹂躙《じゅうりん》されて伸びきったラーメンを見て思った（図4-1）。

「いったい何分までならインスタントラーメンは人道的な食べものでありえるか?」と。

パスタとの違い

いつでもどこでもすぐに食べられるラーメンとして、インスタントラーメンが誕生したのは１９５８年、日清食品の創業者である安藤百福《ももふく》の手によるという話はよく知られている。ＮＨＫの連続テレビ小説に取り上げられたことからもわかるように、日本人とインスタントラーメンは深い仲である。２０１８年度のデータを見てみると、年間のインスタントラーメンの１人あたりの消費量は45食で、世界第６位である（１位は韓国の74食）。

安藤氏は「いつでもどこでもすぐに食べられるラーメン」を作るためにさまざまな工夫をしたわけであるが、その中で最も重要な発見は、麺から水分を取り除くために、蒸した麺を油で揚げることだった。これを「瞬間油熱乾燥法」という。麺に水分が残っていると腐敗してしまうのだが、これを避けることができる画期的な発明だった。腐敗を防ぐための水含有量は、『インスタントラーメンのすべて』（日本食糧新聞社）によると、無塩の麺の場合14・９％、加塩５％の場合16・２％がボーダーであるという（塩分が多いとそれだけ腐敗しにくいということですね。漬物と一緒です）。

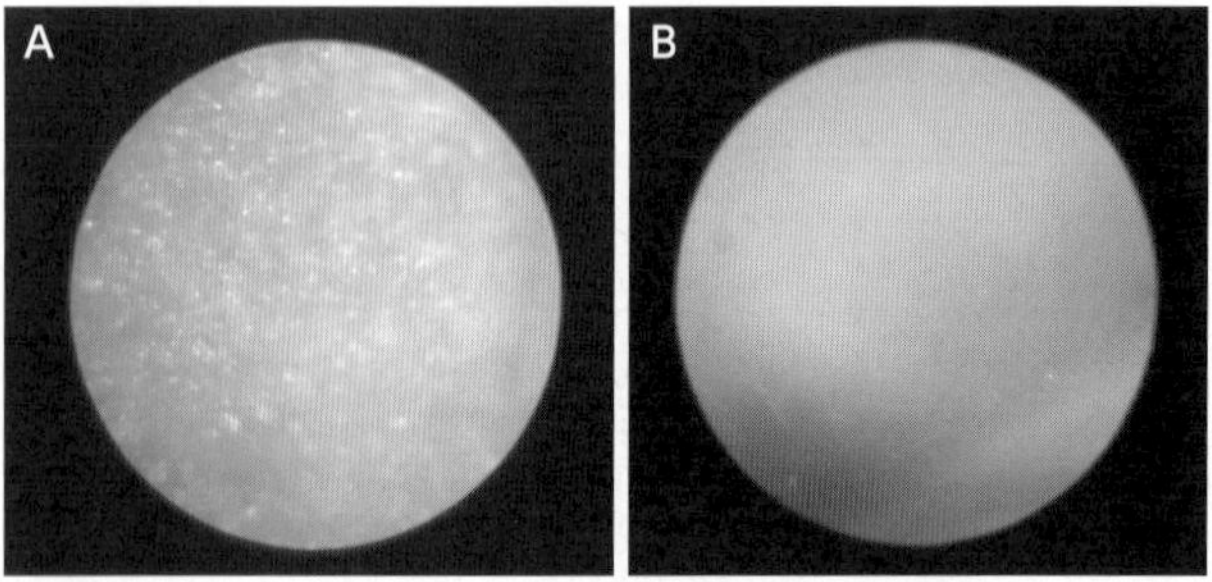

図4－2　インスタントラーメンとパスタ麺の表面構造

Ａ：瞬間油熱乾燥法によるインスタントラーメンの表面の顕微鏡画像。
Ｂ：一般的なパスタの表面の顕微鏡画像。
ドゥ・ネイチャー顕微鏡（株式会社ケンコー・トキナー）を使用して観察。
拡大率は60倍。どちらも乾燥状態。

麺を高温の油の中に入れると、瞬時に水分が麺からはじき出されて、スナック菓子のような軽さの麺が出来上がる。この時点で水含有量は2〜6%となるので腐敗の心配がなくなる。そしてこの油で揚げる工程の重要なところは、揚げることによって押し出された水の痕跡として、麺に細かい無数の穴ができる点にある。お湯を注ぐ際にその穴を通じて水分が浸透して、短時間に麺が柔らかくなるという、インスタントラーメンには必要不可欠な性質がもたらされるのだ。図4-2Aにインスタントラーメンの麺の拡大写真を示す。たしかに表面に微細な穴があいているのがわかる。一方、同じインスタント食品に分類される、ヨーロッパの即席麺とでもいうべきパスタには、このような穴があいておらずつるりとしている（図4-2B）。一般的なインスタントラーメンと同様、パスタも小麦粉から作られていて、両者の違いは小麦粉の種類もあるが、大きな違いは油で揚げているかいないかの差であろう。したがってパスタは茹《ゆ》でるのにおおむね10分程度の時間を要する。中には5分で茹で上がる早茹でパスタという製品があるが、これはパスタに切れ込みがあって、お湯との接触面積を増やしてお湯を吸いやすくするという工夫がされている。

インスタントラーメンを作る際、お湯につけておくだけで麺が柔らかくなるための秘訣は、この微細な穴にある。それでは、お湯が浸透した麺の中では何が起こっているのだろうか。

インスタントラーメンは何からできているか？

僕がデンプンという言葉を初めて聞いたのは、たぶん小学生の理科の授業の時だったと思う。ヨード（ヨウ素液）を加えて青紫色になれば、デンプンが含まれているということがわかるという、ヨードホルム反応の話だ。サツマイモを青紫色に染めて、「デンプンがある」という話を同級生たちとした記憶はある。でも、詳しいことはすっかり忘れてしまっていた。

それから二十数年後。

「ところで、デンプンって、タンパク質だよね？」

私がそう聞くと、嫁は唖然《あぜん》とした顔をして、「冗談でしょ？」と聞き返してきた。

デンプンという言葉の響き、そして漢字で書いた時の「澱粉」という文字の印象、そして小学生の頃によく使っていたデンプン糊《のり》の、あのモッチリした粘性の高い様子を記憶に刷り込まれていくうち、デンプンは僕の中でタンパク質に置き換わってしまっていた。

嫁は呆れたように僕に言う。

「デンプンは糖でしょ？」

正確にはグルコースという糖がいくつも結合して高分子となったものがデンプンである。

どうして突然、嫁にデンプンについて尋ねたかというと、インスタントラーメンの特徴を考えるうえで、デンプンが重要だからである。

デンプンは原料の状態ではβ-デンプン（生デンプン）と呼ばれ、分子構造が緻密で、消化酵素が作用しにくいため消化に悪く、食味が劣る。そして加熱することで分子と分子の間に水が含まれるなどして構造が崩れ、糊のような状態のα-デンプン（糊化デンプン）となり消化酵素が働きやすくなる。そしてα-デンプンは、放置しておくと劣化していき、β-デンプンに戻ってしまう（図4-3）。炊きたての米は、時間がたったり炊くのに失敗したり

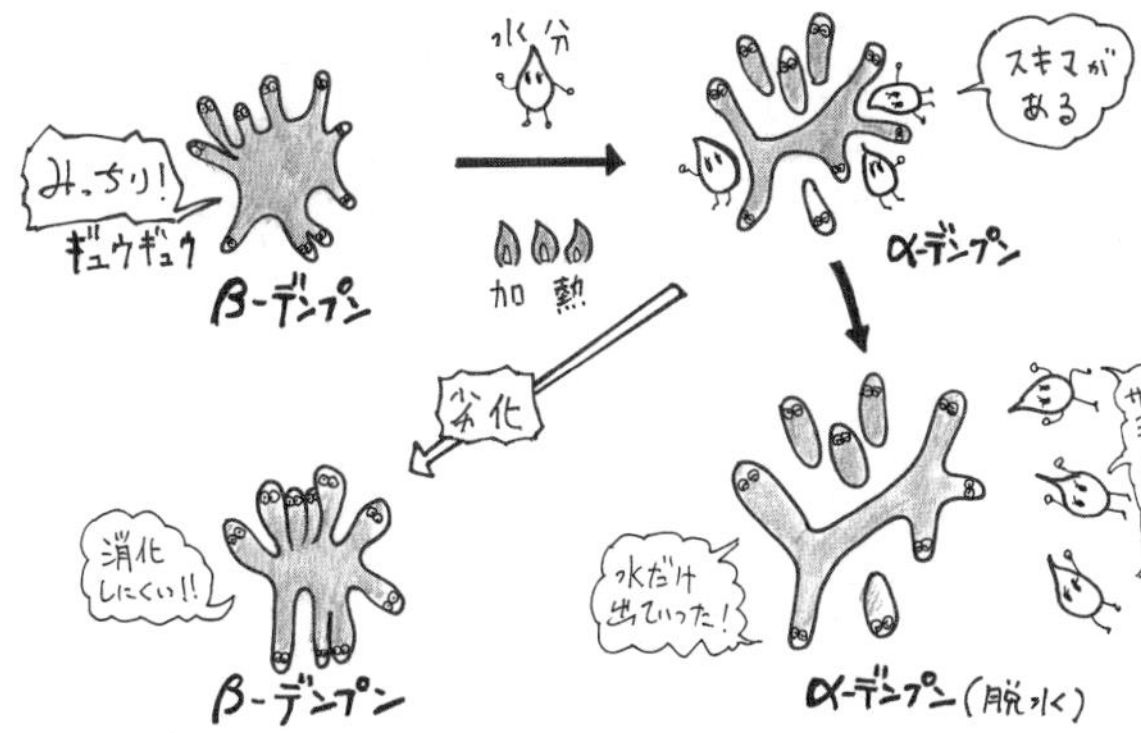

図4－3　デンプンのβ化とα化の違いのイメージ

した米に比べて透き通った色をしている。これはα-デンプンの状態であるためである。一方、時間がたてば米がだんだん白くなっていき、食べても「モソモソ」して美味しくなくなる。これがβ-デンプンに変化（劣化）した証拠でもある。

さて、インスタントラーメンの麺を作る際に、原料を混ぜて麺を切り出して蒸す過程でデンプンはα化する。そして油で揚げてもこのα化は維持されている。

インスタントラーメンを作る時にお湯を入れるが、この処理によってデンプンが変化（β→α化）しているわけではないということだ。実際にインスタントラーメンにお湯を入れずに、麺だけをポリポリ食べても消化に悪いわけではなく、β-デンプンでもないので食味が劣るというわけでもない。インスタントラーメンとは実によくできた食べものなのだ。

では、インスタントラーメンの麺にお湯を加え、時間が経過することによって美味しさが低下する要因は、デンプンのα化やβ化といった変化では説明できなさそうだ。他に何が考えられるか？

麺の味に関係する要素は、デンプンだけではない。麺の食感・コシに関係すると考えられるグルテンである。

どれだけお湯を吸えるのか？

近年、グルテンフリーという言葉がよく聞かれたりする。グルテンを含まない食品は、小麦アレルギーや、小麦の消化不良などを改善するために取り入れられてきた。

グルテンは、小麦に含まれる「グリアジン」と「グルテニン」という名前は似ているが性質が全く異なる二つの物質によって構成されている。グリアジンは弾力（元に戻ろうとする力）は弱いが伸びやすく、グルテニンは弾力は強いが伸びにくい。これら二つが結びつくことによって、適度に弾力がありながら伸びやすい性質を持つグルテンができる。

２００８年1月6日に中京テレビの『ラブラボ！』という番組で「ラーメン」にまつわる実験が放映された。この実験では、できたてのラーメン（麺の長さ30㎝）は、できてから何分後にどれだけ伸びるかを調べていた。2分30秒後に2㎝、5分後にまた2㎝、そして10分後にさらに1㎝伸びていること、すなわち10分たっても麺は伸びようとしていたことと、伸びるスピードは10分経過した頃には鈍化するということがわかったようだった。

番組ではこの現象の説明として、長時間スープにつかることで麺のグルテンの働きが弱くなり（グルテンが溶けるわけではなく、水分子がグルテンの分子と分子の間に入っていくイメージに近い）、お湯を吸うようになるという。そうなると麺にコシがなくなり、食味が低下するのだという。この麺が伸びる際に起こる一連の出来事のイメージを図4‐4に示す。

インスタントラーメンの麺にお湯を加え、時間が経過することによって味が低下する要因はグルテンの働きが弱くなるため、という理屈はわかった。では、いったい何分ほどで、麺の味が悪くなるのだろうか？　それを調べるには、実際に実験して食べてみなければわからない。

そこで僕は次のような実験を考えた。

ごく一般的なカップラーメン（日清食品製）を対象にして、お湯を入れてから3分30秒、

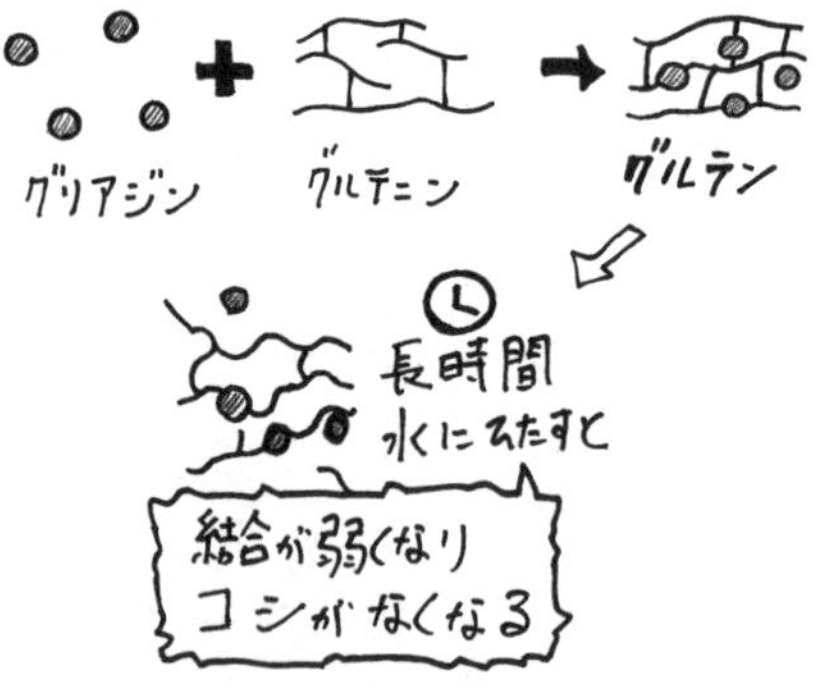

図4－4　グルテンの構造と、長時間水分にひたした場合の変化のイメージ

4分、4分30秒……というように30秒ごとに6分30秒まで待った場合の、麺の美味しさについて、私の主観だけであるが「麺にコシがあるか」「麺に味があるか」「具材の食感」を総合して5段階で評価した（★★★★★：とても美味、★★★★：美味しい、★★★：普通、★★：ちょっとまずい、★：ダメだこりゃ）。味の評価だけでは定量的ではないので、麺の重さの変化も記録した。麺の重さの変化とは、次の式で計算した。求めたいのは「お湯を入れる前後での麺とかやくの重量変化」で、この重量の変化は、麺（およびかやく）がどれだけお湯を吸ったかということを表す。

（お湯を入れた後の麺とかやく＋カップ）－（お湯を入れる前の麺とかやく＋カップ）

＝水分を含んだ麺とかやくの重さの変化

式にするととても単純なのだが、これを実験するのは大変だ。「お湯を入れた後の麺とかやくのみ」をどう測るのか。試行錯誤の結果、お湯を入れた後に、ザルで麺とかやくのみを分け（スープは別の容器に移しておく）、カップに戻して質量を測るという方法にした（図4‐5）。ここでラーメンのスープをしっかり切るために、ザルはきっかり30回振るというルールを決めた（30回ザルを振ったあたりで、ザルからスープがこぼれなくなることをあらかじめ確認しておいた）。実際にやってみる様子を想像していただきたい。ザルにあけたり、電子天秤で測ったりしていると、ちょっと食欲をなくしてしまいそうになるのだ（食べるけど）。

実験で確かめる

それぞれのお湯を入れての実験について、3個のカップラーメンを用意した。すなわち3分30秒から6分30秒までの7条件を実験したので、合計21個のカップラーメンを食べたわけである。嫁に見つかるとまずいので、実験はすべて私の職場で、昼食時に行った。

図4−5　インスタントラーメンの実験の流れ

①あらかじめ重量を測ったインスタントラーメンに、熱湯を注ぐ。
②毎回同じ重さの本を置いて待つ。
③ザルを使って麺・かやくとスープを分ける。スープはとっておく。
④麺とかやくだけをカップに戻す。
⑤重量を測る。この重量から①の重量を引けば、麺とかやくが含んだ水分量が求まる。
⑥スープをカップに戻して食べる。

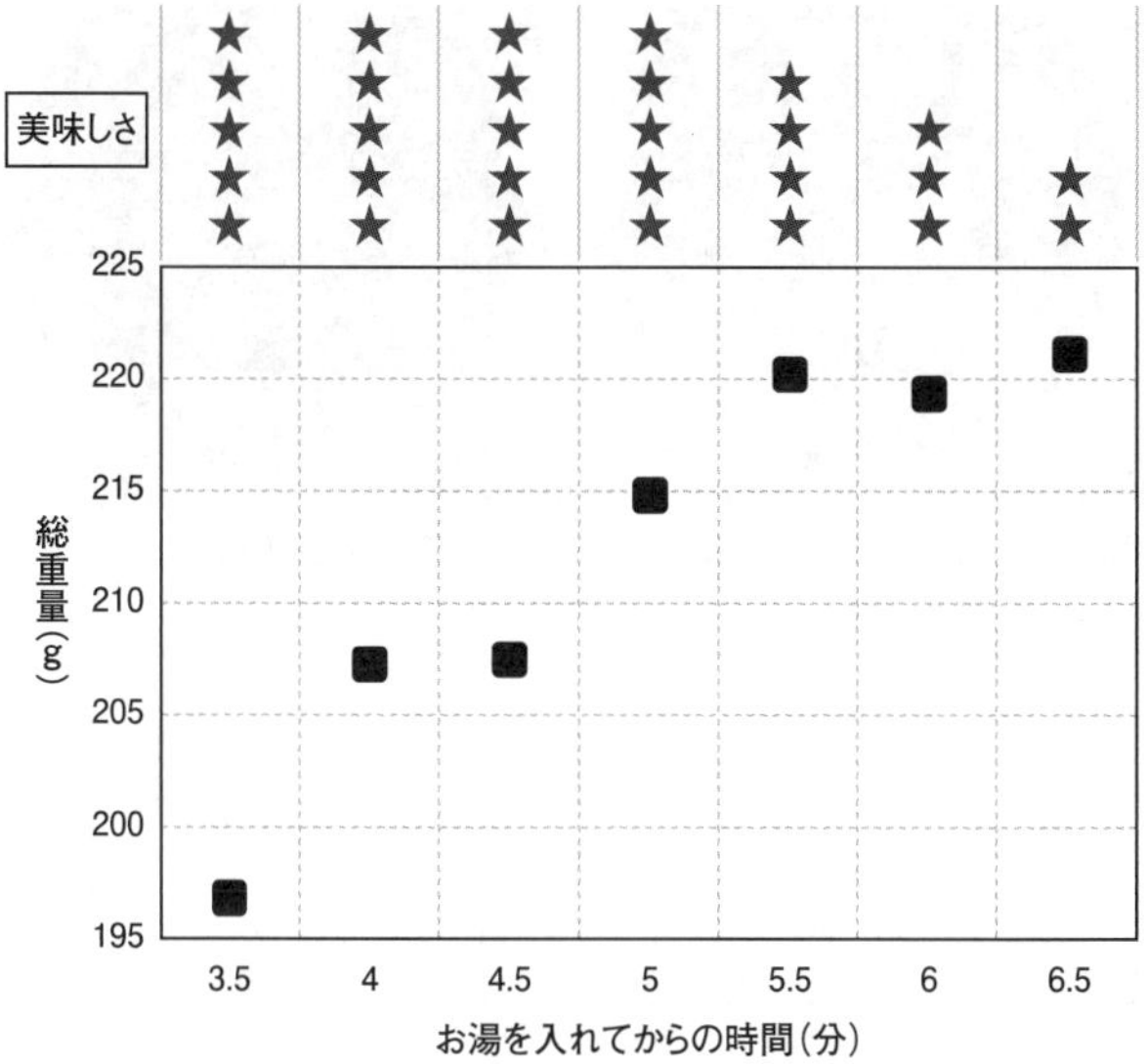

図4−6　インスタントラーメンの実験の結果

図中の■は麺とかやくが含んだ水分量を、★の数は筆者が感じた美味しさを表す（5段階評価）。

さっそく結果を見てみよう。図4-6は、お湯を入れてからの経過時間と、麺とかやくの重量変化を表したグラフである。お湯を入れてから時間が経過するにつれ、麺とかやくの質量（吸水量）は重くなっている。これは予想された通りで、麺とかやくがお湯を吸っているからである。面白いのは、5分30秒ぐらいまでグラフの傾きは直線的で、「お湯を順調に吸い続けている」ことがわかる。すなわち待てば待つほど、5分30秒くらいまでは、どんどん麺とかや

図4－7　お湯を入れた後のインスタントラーメンの様子

Ａ：３分経過時の様子。スープは目視で確認できた。
Ｂ：７分経過時の様子。スープは見えなくなった。

くの状態は変わってしまうということである。中京テレビの「ラーメン」の企画で判明した、「5分たってもほぼ同じペースで麺が伸び続けた」とも矛盾しない。

さて、グラフに変化が現れるのは、6分以降である。6分を超えると、グラフの傾きはそれまでと比較して緩くなる。お湯を吸うペースが遅くなるのだ。6分を超えたあたりから、見た目にも麺が膨らんでくる。おそらく麺が水分を含むことができる限界に達しているのではないだろうか。ちなみに7分経過時には、お湯（スープ）が見えなくなり（図4-7B）、麺の幅が広がっている（図4-8B）。明らかに食べる時期を逸してしまった感がある。

ここで読者諸賢の中には「かやくがお湯を吸っているんじゃない?」という意見をお持ちの方もおられると思う。その意見は正しくて、フリーズドライのエビや肉類などがお湯を吸うことが考えられる。だが今回の実験ではそれらを取り上げないことにした。重量でいうと麺が約90gに対してかやく類は約10gと、麺の方がほとんどを占めるためである。

次に麺の味についてだが、これは私の主観でしかないが、やはりターニングポイントは5～6分あたりであった。図4－6に、5点満点での味を★マークで示している。

さて6分というと、ちゃんとお湯を入れて3分待った場合の「食べ終わり」の頃である（僕の場合。ネットで調べてみても、同じサイズのカップラーメンの完食までにかかる時間は約3分であるようだ）。このあたりまで計算しているとすると、インスタントラーメンの製造会社はすごいと言わざるをえない。

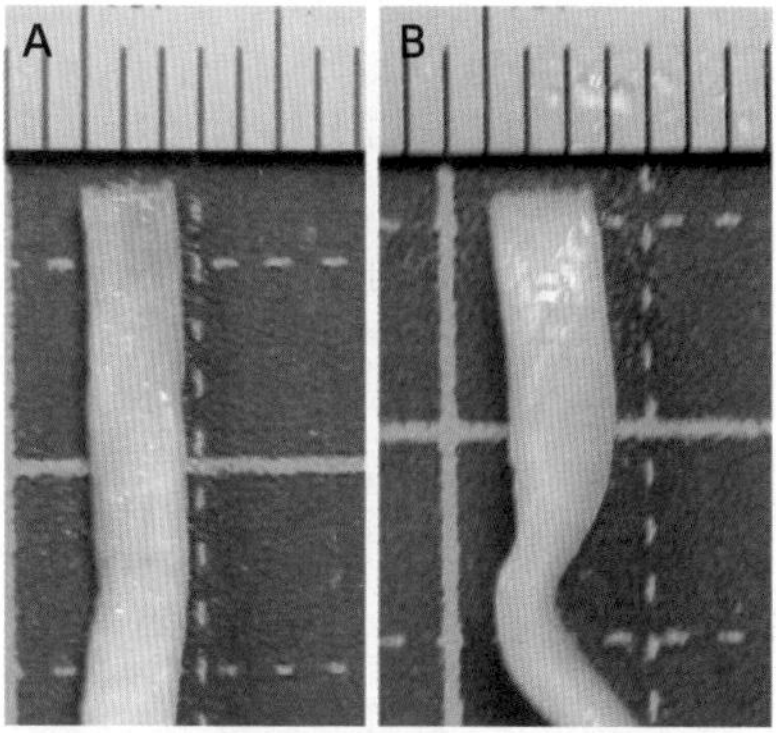

図4－8　お湯を入れてから時間の経過とともに変化する麺の太さ

A：３分経過時の麺の太さは約２mm ほど。
B：７分たつと１mm 弱ほど太くなる。

以上のことからして、インスタントラーメンは、お湯を入れて3分後から、できる限り5分30秒までの間に箸をつけるというのが理想的であると考えられる。私の場合、この5分間を、いかに邪魔されずに守り切るか、という課題が別に発生するわけだが……。

カップラーメンの重さが微妙に違う問題

今回の実験を行うにあたり、同じ銘柄のカップラーメンを、予備も含めて合計30個、同じ店で一度に購入したわけだが、結論から言うと、その後、５個ほど新たに買い足しに行かなくてはならなくなった。

一つの理由は、完全に私のミスで、お湯を入れてタイマーをスタートさせた後、別の仕事に取り掛かり、すっかり忘れて二十数分が経過してしまい完全にダメにしてしまったことがある。

もう一つの理由が、不思議なことに、同じ店で買ったカップラーメンの重さが違うことである。今回の実験では、カップラーメンの麺の重さが重要であり、これが初めから違うと実験が成り立たない。そこで実験を開始する前に、すべてのカップラーメンの重さを測るのだが、これが均一でないのだ。具体的には、包装フィルムをはがした製品の重量の平均（21個分を測定）は１０１・３ｇなのだが、最大のもので１０９・３ｇ、最小のもので９８・５ｇ

と開きがあった。約10ｇも違うのである。10ｇというとかやくのエビ５匹分くらいに相当するわけで、ちょっと無視できないのではないか（細か過ぎる？）。この最大のもの（109・3ｇ）の製品だけがやたら重く、おそらく製品を作る工程の中で、何かのはずみでかやくが多めに加えられたのかもしれない。この最大のものを除いて、実験では98・5～103・5ｇの範囲で実験を行った。

図4−9　伸びきったインスタントラーメンの救済方法の一つ

A：伸びきった麺を鍋で焼いてみた。
B：焼いた麺は水分が飛び、これはこれで美味しい。

伸びたラーメンに救いはあるか

なお、伸びきったインスタントラーメンの救済方法についても最後に触れたい。調べてみると「チャーハンの具にする」とか「卵と一緒に炒める」などという方法があるらしい。私が今回の実験をする中で、急な要件が入り10分ほど経過してしまったサンプルがいくつか現れた。それらの麺は、スープを除いて自宅に持ち帰り、鍋で焼いてみた（図４-

9）。焼きそばのようになり、なんとか食べられた（2歳の娘はことのほかよく食べた）。昔、マレーシアのクアラルンプールに出張した時、屋台で食べたミーゴレンというものの食感に似ている。

「チャーハンの具にする」や「卵と一緒に炒める」と同様、火にかけることで水分を飛ばし、小麦粉成分の構造が元に戻るためであるかもしれない。インスタントラーメンを伸びさせてしまった方は、あきらめず、一度お試しあれ。

コラム4　伸びたラーメンの救済法についてのさらなる考察

僕はインスタントラーメンはお湯を入れて何分たつと、どのような状態になるかについて実験して調べ、そして伸びてしまったラーメンの救済方法についても一つの提案をした。鍋で焼いて汁気を飛ばすという方法だ。

それ以外にも、伸びきったラーメンの救済法として、どのようなものがあるだろう？　ネットで「ラーメン　伸びた　救済法」というキーワードで調べると、お好み焼きに入れる、乾燥させてお菓子のようにして食べる、いっそのことドロドロに煮て溶かしてホットプレートで焼く（もんじゃ焼きのようになる）、チャーハンの具にする（そばめしに近くなる）といった方法があるようだ。この中では、お好み焼きに入れるというパターンが、大きな支持を得ているように思われる（実際に試した報告例が比較的多い)。たしかに、お好み焼きの具として麺を入れるもんね。

そこまで調べて、ふと僕はある違和感を覚える。そんなに世の中の人は、ラーメンを伸びさせてしまうものなのか？

お好み焼きなどで伸びきったラーメンを救済するということは、それ以前にラーメンを伸びさせてしまったということであり、その原因はたぶん緊急事態が発生したり、多忙だったりした状況があるはずだ。それなのに、「ラーメンが伸びてしまった。しかたがない、お好み焼きでも焼くか」ということになるだろうか？　キャベツとか小麦粉とか、豚肉とか紅ショウガとか……以下略……諸々の用意は調っていたのか？　もともと鉄板の前でインスタントラーメンを作ろうとしていたの？　そんな意地悪な想像をしてしまう。まぁ、アクシデントの後、伸びきったラーメンを冷蔵庫に入れて保存とかしていたんだろうけれどね。

そんなことより、たぶん我々が真剣に考えなくてはならないのは、ラーメンが伸びた場合の救済法よりも前に、ラーメンを伸びさせないようにするための環境作りであると思われる。インスタントラーメンとはいえ、食する人間にとっては大切な一食。これを邪魔する者は一度痛い目にあうべきだ。僕なんて、カップラーメンにお湯を入れた直後に来客があって、１杯分を無駄にして、めげずに2杯目のカップラーメンにお湯を入れたところで、内線電話が鳴ったことがある。「すみませんが、ラーメンにお湯を入れたところなんです。要件は1分で話してもらえませんか?」と正直に相手に伝えたところ、相手は大笑いをして、「わかりました」と返事して、そしてしっかり10分くらい話をしてきた。電話を切った後、僕はすぐさま、この失われた二つの貴重なカップラーメンの蓋に、それぞれの人間の名前を書いて、居室の壁に貼りつけた。食べものの恨みは怖いのである（ちなみに翌日には捨てましたのでご安心ください）。

　最近では、「カップラーメンにお湯を入れて食べているところです」という、マグネットシートを製作し、これを居室の前に貼り出しておくようにして

僕の職場の居室のドアに張り出された「カップラーメンにお湯を入れて食べているところです」の表示。この表示をしてから、来客によるラーメンの伸び事故は激減した。しかし、ときどき学生がからかいにやってきたりする。

いる。内線電話も取らない（何度もコールする場合はさすがに取るが）。そういうわけで、少しの努力と、職場の協力で（?）、僕のインスタントラーメンの環境は改善の兆しがある。

第5章

ポケットポップコーン

パンパンになる防災リュック

この原稿を7月に書いているが、この季節は実に災害が多い。大雨による土砂崩れや川の氾濫。ひたひたと忍び寄る大地震も不安だ。そうした背景もあり、我が家では数か月に一度、防災グッズを点検することにしている。非常食の賞味期限を確認したり、懐中電灯のライトがちゃんとつくかを点検する。たいてい肝心な時にダメなことが多い我が家。急に下痢になった時、薬箱には下剤しかなかったり（正露丸をすべて2歳の娘が捨ててしまっていた）、ラジオを聴こうとしたらアンテナがもぎ取られていたりする（娘がへし折っていた）。防災グッズよりも娘をちゃんと躾《しつ》ける方が先だという意見もあろうが、かわいい一人娘なので強く叱れないダメおやじである。

防災グッズの点検のたびに驚くのは、備蓄しておくべき物の量の多さである。「今から3日間の無人島キャンプに行きます。持っていくものをリュックに詰めましょう！」と仮定して、持っていこうとするものがそのまま防災グッズだという考え方がある。そうしてリュックに詰めようとするものを実際に並べてみれば、水と食料、調理器具、着替え……ときりがない。リュックなどにはおさまりきらないのだ。特に調理器具。嫁は山登りが趣味で、携帯式のコンロや折り畳み式の鍋など立派なグッズを持っていて、これが防災グッズも兼ねていたりする。できるだけ小さく、できるだけ軽くという目的に向かって工学的に洗練された製品は、理系人間としてとても興味深いのだが、それでもリュックに入りきらず、リュックの外に括りつけられたコップやペットボトルなどを見ていると、もうすこし小さくならないものかと思うのだった。そこでふと「世界最小の調理器具」とは何か、気になり始めた。

世界最小の調理器具とは？

「世界最小の調理器具」というキーワードをもとにウェブで検索した場合、初めにヒットしたのは「オーブントースター」だった。食パン１枚がやっと入る大きさで、ダイヤル式タイマーとスライド式くず受けという最低限の機能がついている。サイズは横が１７５㎜、高さが１９０㎜、奥行きが１８１㎜。たしかにこれは小さい。ただ、小さいがリュックに入るサイズではないし、無人島では電源を取れないだろう。もっと独立した、それだけで調理が可能な最小の調理器具はないか。さらには、リュックではなく、ポケットに入るような。友人にも協力していただきウェブや図書館で調べてもらったが、見つけることはできなかった。

であれば、作るしかない。
今回作るべき調理器具の条件を次のように設定した。

A ポケットに入るサイズであること。
B それ自体で完結した調理器具であること。
C 美味しく出来上がるもの。

AとBの条件は、そもそもの発端である防災用品の観点に基づくものだ。Cは、小型化しない場合と同じ美味しさを保つもの、という条件だ。小型化したせいでまずくなっては本末転倒だ。
正直なところ、もう一つの条件を与えたかった。D 満腹になること、だ。ただ、この四番目の条件は、Aと両立することは難しい。AとDを天秤にかけたが、本来の目的から、Aを残すこととした。

何を調理するか？

作るべき調理器具の方向性は決まった。次は何を作るかだ。

ちょうどこの原稿を書いている時、偶然目に留まった記事があった。パソコンのＣＰＵの熱でカレーを作った人を紹介していた。パソコンを使用している時、ファンの音（扇風機のような音）が響いているのを誰しも聞いたことがあるだろう。僕たちが物事を思い悩む時に頭が熱くなるように、パソコンの頭脳であるＣＰＵも高温を発する。そこでＣＰＵの上に小さな鍋を置き、カレーを作ったというのだ。数㎜サイズに切ったニンジンとジャガイモが数㎖のカレールーで煮込まれている映像は実に興味深い（同時にカレーが吹きこぼれてＣＰＵをダメにしてしまわないかハラハラした）。なるほど、カレーは面白い。キャッチーだ。しかし、僕の実験に適用しようとすると問題がある。カレーの具材の準備はどうしよう。ＣＰＵの熱でカレーは作れても、ニンジンやらジャガイモをどう調理するのか。今回作る最小の調理器具というのは、調理のスタートから終わりまでをポケットの中におさまるサイズで行いたいのだ。

どうしたものかと思っていた時、ふと、嫁がキッチンで何かをやり始めた。空腹になって大暴れする大怪獣と化したわが娘のために、戸棚からトウモロコシの粒を取り出して、フライパンで炒めている。やがてポンポンと音がして白いポップコーンが出来上がり始めた。僕が口を開けて様子を見ているのに気がついた嫁は、

「ポップコーンは作りたい時にすぐ作れて便利よね。フライパンがあればできる」と言った。出来上がったポップコーンを美味しそうに頬張る娘。自分も一つつまんで食べる。素朴であるが、美味しい。これ、いいんじゃないか？

思い返せば、僕のポップコーンのイメージは、苦い青春の味だった。ポップコーンを初めて強く認識したのは、大学生の頃、足しげく通った映画館でカップルたちが手にしたポップコーンを見た時のことである。仲睦まじいカップルが、スクリーンを見ながらときどきお互いに顔を見合わせつつ、紙コップに入ったポップコーンを口に運んでいる。こちらは理系の男子大学生4人が、空腹を癒すかのように腹に詰め込んでいく。思わずカップルの手元のポップコーンと自分の手元を見比べる。「なんやねん、こんな塩辛いまずいものをうまそうに食べやがってあのカップルどもは」。恋愛に縁遠かった自分は涙ながらにそう思っていた（図5‐1）。

結局、僕の中でのポップコーンのイメージはまずいものなのか、うまいものなのか、よくわからないことになってきたのだが、たぶん歳の取り方、生き様でポップコーンの味というものは変わるものなのだろう。齢《よわい》40を超えた今、改めて少年のようなピュアな心でもってポップコーンを作ってみたい。

図5−1　ポップコーンの味（涙味？）をかみしめる著者

ポップコーンができる理由

ポップコーンの調理器具をデザインするためには、そもそもポップコーンがどうしてできるかを知らなくてはならない。

トウモロコシにはいろいろな品種がある。ポップコーン用のトウモロコシは爆裂種という、すごい名前のついた品種で、サラダなどで生で食べるスイートコーンと違う。また、家畜の餌となるトウモロコシは、フリントコーンという名前の別の品種だ。

　ポップコーン用のトウモロコシとスイートコーンの粒を比べてみよう。ポップコーン用のトウモロコシの粒は、硬いデンプン質の層で厚く覆われている。その内側に、水分を含んで柔らかいデンプン質がある。一方のスイートコーンの粒は、柔らかいデンプン質のまわりの硬いデンプン質の層が薄い。

　熱を加えると、この内側のデンプン質の部分に含まれた水分が水蒸気になって膨らもうとする。しかし、爆裂種の場合、まわりの硬いデンプン質の部分がその力を押さえつける。そうして加熱が進むうちに、膨らむ力が押さえつける力に勝った時、一気に爆発する。スイートコーンはデンプン質の硬い層が薄いので、蒸気が漏れてしまい、圧力は高まらず破裂しないのだ。

　破裂する過程で、ポップコーン特有の、白いフワフワした美味しい部分（フレークとよばれている）が出来上がる。それはなぜか？　そのあたりの理由や、破裂する直前の圧力や温度などを調べた研究者がいる（世の中にはいろいろな研究をしている人がいるのです）。フランスの航空技術者、エマニュエル・ヴィロ氏とアレクサンドル・ポノマレンコ氏の研究チームが、ポップコーンについての論文を英国王立協会（British Royal Society）の学術誌に発表した。ポップコーンの温度が１００℃に達すると、粒内の水分の一部が水蒸気に変わり始め、約１８０℃で圧力は約10気圧（１ＭＰａ）に到達する。１ＭＰａというと、これは１ｍ×１ｍの面積あたりに１００ｔの荷重が作用することを意味する。ただ、そう言われてもピンとこないだろう。自動車のタイヤの空気圧は約０・２４ＭＰａ、蒸気機関車の蒸気圧は、１・６ＭＰａである。これらと比較すると、ポップコーンが破裂する間際の圧力がいかに高いか（すなわちいかにポップコーンの外殻が硬いか）理解できる。

さて、いよいよ圧力に耐えきれなくなってポップコーンが破裂すると、圧力が劇的に降下、すなわち約10気圧から1気圧まで低下する。この過程で水分が沸騰するとともに、急激に蒸発し、続いて穀粒内のデンプン質の中身が膨張する。この過程は、高校の物理で習うボイル・シャルルの法則で説明ができる。圧力Ｐと体積Ｖを掛けた値は一定（ＰＶ＝一定）であるので、圧力が激減するに伴って体積が激増するというわけだ（図５‐２）。

なお、前出のヴィロ氏はいろいろなポップコーンで実験しており、論文では「ポップコーンの粒の大きさや形状に関係なく、約１８０℃でポップコーンは破裂する」という結論を導いた。

この論文から、今回作成する調理器具に必要な条件が明らかになった。温度を１８０℃に

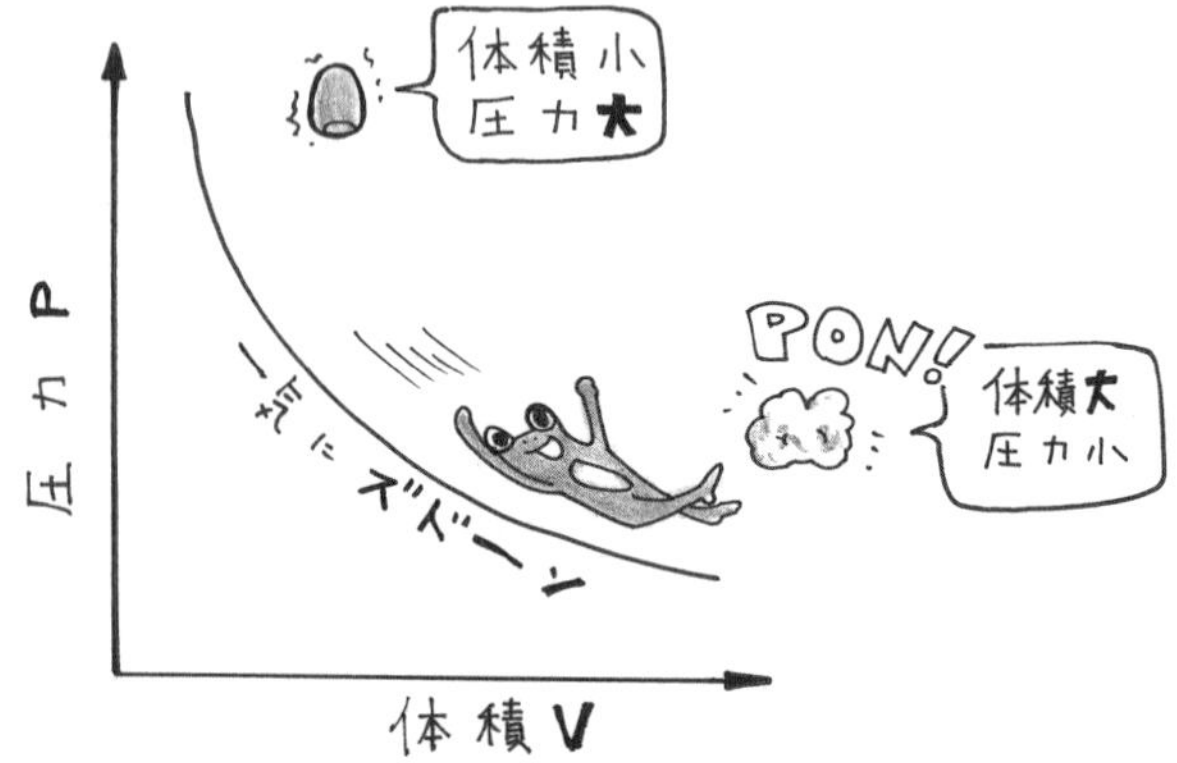

図5−2　圧力と体積の関係（ボイル・シャルルの法則）

まで加熱すればいいのだ。

どうやって？

調理器具をデザインする

加熱の方法として思い浮かぶのは二つだ。火をおこす方法と、電熱による加熱だ。前者は燃焼物に着火するもので、後者はニクロム線など電気抵抗の高いものに電気を流して熱を発生させるものだ。発熱する理由を簡単に説明すると、ニクロム線に電圧を加え電流が流れる（電子が流れる）と、ニクロム線の中にある原子と流れてきた電子がぶつかりあい、激しく振動し、これが熱エネルギーに変わるというわけだ。例えば道路に10人のオッサンが立っていて、そこにランニング中のランナーが10人走ってきたと

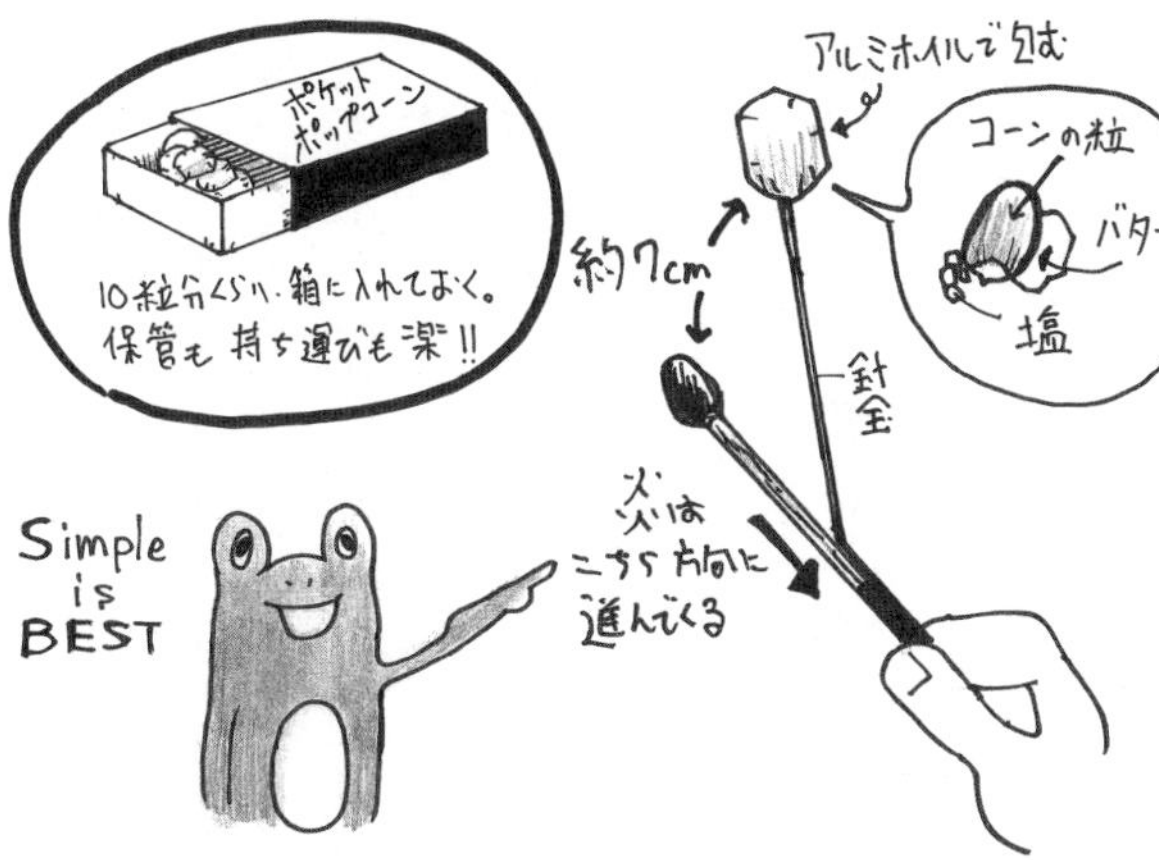

図5－3　直火加熱方式でのポップコーン調理器具の概念図

する。ぶつかりあっておしくらまんじゅうを始めると、「なんやねん、こらぁ！」と熱エネルギーが発生する。ここで、電気抵抗が高い状態とは、オッサンの人数が多い状態といえるかもしれない。

　さて、ポップコーンを作るための加熱装置についてだが、今回の企画では、直火と電熱のどちらも試すことにしよう。

　まず図5-3に示すのは、燃焼物の着火によるポップコーン調理器具だ。以後、直火加熱方式と呼ぼう。調理器具という名はついているが、燃焼物としてマッチを使っているので使い捨てである。

　ここで簡単にマッチについて説明する。まずマッチの頭と呼ばれる部分には、硫黄、塩素酸カリウム、ニカワ、ガラスパウダーなどが含まれていて、「頭薬」と呼ばれる。一方、マッチの箱の側面は「側薬」と呼ばれ、赤リン、硫化アンチモンなどが含まれている。ガラスパウダーを含む「頭薬」が、「側薬」と摩擦することで発生する熱で、赤リンが発火し（側薬の側が発火するという点は意外に思われるでしょう）、これが「頭薬」に燃え移り、やがてマッチの軸が頭薬側から燃えていく、という仕組みである。

一般に売られているマッチは平均6秒しか燃焼しない。この燃焼時間は軸の長さに比例するわけで、長く燃焼させたい場合はそれだけ軸の長いものを用意する必要がある。6秒ではポップコーンはできない（コーン内部の水分を水蒸気に変えなければならない）。調べてみると、長時間燃焼するマッチというのもちゃんと売られていて、最長のものは60秒だった。60秒間も燃えなければならないマッチというのは、いったいどういう用途があるのかわからないが、おそらく普段のマッチでは途中で火が消えてしまう要領の悪い人や、マッチの火でポップコーンを作ろうという僕のような人がいるのだろうと納得することにして、インターネット経由でこの製品を購入した。

次にポップコーンの粒を調味用の油（バター）と塩と一緒にアルミホイルで覆うことで保管と持ち運びができるようにした。これを針金でマッチに固定し、燃焼物の発火により調理できるようにした。

次に問題となるのは、ポップコーンとマッチの距離をどれくらい離すべきかを決めることだ。これは炎の温度次第である。

マッチの炎本体の温度……マッチの先端の「頭薬」すなわち硫黄などが燃えている時の温度は１０００～１５００℃にも達し、その後、軸に火が移った後は４００℃程度になることがわかっている。なぜ温度が変わるかというと、燃えているものが違うからだ。いずれにせよ、炎本体に直接ポップコーンをさらせば一気に丸焼けになってしまう。デンプン質から水蒸気が発生する前に焦げてしまうのだ。うまい具合に２００℃程度になるマッチの頭からの距離を調べなくてはならない。

マッチに着火し、炎が軸に移った後、おおよそ２００℃前後になる温度の位置を探す。温度を測定するためには、市販の体温計のようなものはダメで、より高温を測ることができる熱電対を用いた。

マッチの炎本体の温度を測ってみると、軽く５００℃を超えていた。それから１㎝ずつ上方にずらして測定していく。マッチの炎というものを初めて測って、理解したのは、この炎というものの温度の分布は複雑であるらしく、少しでも縦方向および横方向の位置が変われば温度が劇的に変わってしまうようなのだ。ある時は４００℃になったり、50℃に落ちたりする。何本かマッチをこすって、部屋が硫黄くさくなる頃に、「まぁ、だいたい温度が２００℃前後になるのはマッチの頭から６〜７㎝だけ真上に離した位置だろう」ということがわかってきた。これでポップコーンを置く位置が決まった。（自分の中では、熱電対で測定したこの温度に自信を持っていたが、この後実際にポップコーンを作ってみて、温度設定のいい加減さを反省することになる）。

直火加熱方式の盲点

これで全体のデザインが確定した。全長は約８㎝。これであれば余裕をもってポケットにも入る。箱に入れておくことで、複数、携帯することができる。火の使用に細心の注意を払う必要があるが、火気が使用できる場所でなら、いつでもどこでもポップコーンが１粒食べられるというものだ。

ただ、この方式には難点がある。先ほど述べたように使い捨てなのだ。例えば道端《みちばた》などでしょんぼり座りこんでいる子どもの目の前で１粒だけポップコーンを作ってあげて元気を出してもらうとか、友人とハイキングしている時におもむろに取り出して1粒作って食べて「お前、それ何?」と驚かせるとか（図5-4）、そういう用途であれば成り立つが、複数食べたい時には、マッチの燃えカスと針金などのゴミばかり出る。環境に良くない。

図5－4　直火加熱方式の実際の運用イメージ
颯爽と取り出して、1粒ポップコーンを食べる。

繰り返し使えることを念頭に置いた場合、有効なのが電熱による加熱方式だ。構造を考えてみよう。乾電池に発熱体となるニクロム線を接続しよう。ポップコーンの粒と調味用の油と塩を混ぜ、アルミホイルで包んだものを、ニクロム線をコイル状にしたものの中にセットする。この方式の場合、加熱する部分は繰り返し使用でき、アルミホイルで包んだポップコーンの部分だけを交換するだけでよいので、環境にもたぶん優しい。手のひらにこの調理器具を置き、じっと数分間待ち、やがてポンと音が鳴り、1粒のポップコーンができるさまは、動的かつアウトドア要素がある直火加熱方式と比べて、静的かつインドア要素があり実によい。

ポップコーンから煙が……

図5-3、燃焼物の発火（マッチ）によるポップコーン調理器具を実際に作って調理してみよう。60秒燃焼するマッチをこすって着火。炎が立ち上る瞬間に、赤リンの独特のにおいが立ち上る。ポップコーンはアルミホイルで覆っているので、この匂いがコーンにまで移らないように祈ることにしよう。十数秒がたった頃、ぱちぱちと音が聞こえてくる。バターが溶けてポップコーンの水分と反応している音だ。やがて香ばしい匂いが漏れてくる。「これは成功したか？」そう思った頃、時間でいうと着火して40秒が経過した頃、アルミホイルの部分から煙が上がり始めた。ポップコーンを作る時、煙なんか出てたっけ？　そうしているうちに60秒が経過し、マッチが燃え尽きようとしていた。手で持てなくなり、慌てて地面に落とす。もはやポップコーンどころではない。十分に冷めてからアルミホイルをめくると、真っ黒になったポップコーンの炭が現れた。見事に失敗だ。おそらく２００℃以上の温度になったと思われる。

　400℃ほどの高温になることが予想されたので、次は炎の直上にポップコーンを持ってこないようにしてみたが、今度はいつまでたっても「ポン」という音がしないのだ。そうこうしているうちに60秒が経過。アルミホイルから出てきたのは、一部だけが焦げたポップコーンの粒。局所的に熱せられたのだろう。そうして三度目。三度目の正直とはよく言ったもので、40秒ほどで音がした。ただ、この音というのが、いつものポップコーンの「ポン」というものではなく、「プスン」みたいな気の抜けたような感じの音だった。「失敗？　いいや、アルミホイルにくるんだから音が遮られたのだ」と言い聞かせて、アルミホイルをめくってみた。一部だけポップコーン化した粒がポロンと出てきた。僕の目じりからも涙が1粒こぼれそうだった（出なかったけど）。

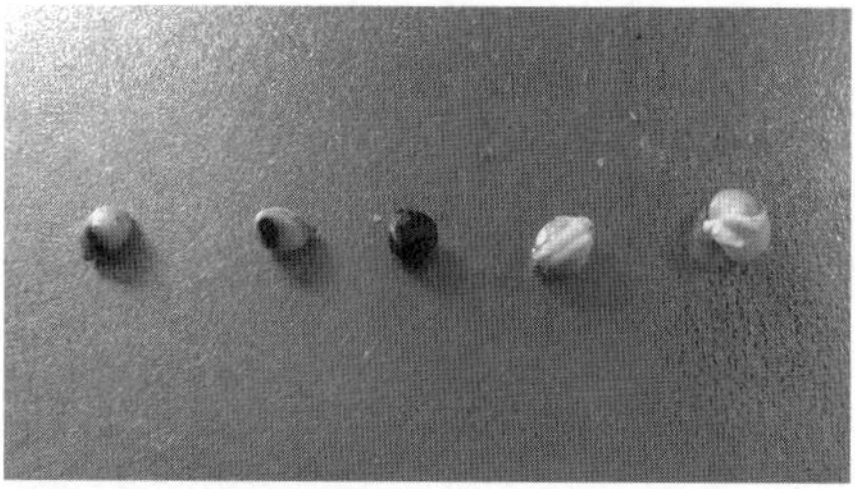

図5−5　直火加熱方式で作ってみたポップコーンらしきもの

　結局、五つの粒を試して、最もポップコーンらしいものができたのはこの3回目だけで、後は焦げたものばかりだった（図5-5。写真右端が3回目の粒）。一部だけポップコーンと化したものを口に含み、ゴリゴリと失敗の味をかみしめながら、おのれの浅はかさを痛感した。炎の温度にムラがあること、すなわち温度の勾配が厳しく、少しでも横方向にずれただけでも大きく温度が異なることは予想できていたのだ。それでも、何とかなるだろう——すなわち、ポップコーンが熱せられる前にアルミホイルが温まり、全体的に温度を均一化してくれるだろうと、勝手に期待していた。計算するなり、もしくはサーモカメラで温度分布を見れば、もっと確実な方法を考えることができたと思う。早く試して食べてみようという、食い気がそれらより勝ってしまったのだ。失敗した硬いコーンの殻は、いつまでも口の中に残り続けた。

最後の期待、電熱加熱方式

直火加熱方式が失敗した原因が、僕の推測通り、炎の温度のムラにあるならば、電熱加熱方式は先の問題をクリアしてくれるはずだ。電熱加熱の場合、加熱される部分の温度はほぼ一定であり、しかもあらかじめ熱量を計算することが容易であり、ときどき100℃、ときどき400℃などと、きまぐれになることはない。

電熱加熱方式のポップコーン調理器具をデザインする。加熱部は、電気抵抗が大きく、ヒーターなどに使われるニクロム（Nichrome、ニッケルとクロムを中心とした合金）を採用した。使用する電源は、ポケットに入るサイズでなくてはならないので、乾電池にしよう。できるだけ小型にしたいので、ボタン電池も考えたが、容量が少なく、ポップコーンを１粒作るごとに電池交換などしていられないので、容量とサイズのバランスをとって単２形乾電池を２本、直列につなぐようにした。

さて、どれだけの熱が得られるか。中学・高校の理科の授業を思い出しながら考えてみよう。電池（電源）と電線があれば電気が流れるわけではなく、間に抵抗があることで電流は流れる。今回の場合、ニクロム線ヒーターが抵抗そのものである。抵抗があるために加熱されるとも言える。この時の電圧Ｖ（単位：Ｖ）、電流Ｉ（単位：Ａ）、抵抗Ｒ（単位：Ω）の関係は、Ｖ＝ＩＲで表される。電圧Ｖは乾電池２本分で３Ｖ、今回使用するニクロム線は長さ10㎝のもので、抵抗は５Ωのものを使う。先ほどの式から電流Ｉは０・６Ａと求まる（乾電池の種類によっては最大の電流が異なる点に注意）。

次にどれだけの熱を生むか見積もってみよう。電流が単位時間にする仕事率、電力Ｐ（単位：Ｗ）は、Ｐ＝ＶＩで求めることができ、計算すると１・８Ｗ。ここで１Ｗは毎秒１Ｊに等しいエネルギーを生じさせる仕事率で、１Ｊは水１ｇを０・２４℃上げるのに必要なエネルギー量なので、この回路は1秒間あたり1gの水を0・4℃程度上昇させる力を持っているとわかる。ポップコーンをそのまま水に置き換えることは正確ではないが、仮に同じだとして、ポップコーンの1粒の重さを0・2gとする。すると、1秒間あたり2℃程度は温度を上げることができそうだ。室温20℃から180℃まで、80秒ほどで達すると考えられる。1時間とか待たなくて済みそうだ。

問題は200℃程度で温度上昇が落ち着いてくれるかどうかである。

温度が抑えられる要因は何があるか。一つは放熱による熱の損失だ。もう一つは、温度による抵抗の変化だ。温度が上昇すると、抵抗値は電流や電圧とは関係なく上昇してくる。この後者の効果は安全側に働く。温度上昇とともに抵抗が低くなれば、回路が暴走してしまう可能性があるからだ。これら二つの温度抑制の効果と、発熱が釣り合うことにより、ある一定の温度になることが予想される。

もし、希望する温度（200℃）を超えてしまえば、どういう工夫をすればいいだろう？最も簡単なのは、ニクロム線の長さを変えることだ。ニクロム線の長さを長くすることで、抵抗は大きくなる（ニクロム線の中は電気が流れにくく、長くなればなるほど抵抗は大きくなるわけだ）。その結果、V＝IRの式から、電流Iが低下する。電圧Vは乾電池なので一定だから、Ｐ＝ＶＩの式から、電流Ｉが低下することで電力Ｐ＝熱量が低下することがわかる。もしくはニクロム線の長さを変えるほかに、抵抗を新たにつけ足してもいい。このような条件をもとにして、実際に作ってみた装置は図５‐６のようなものだ。

イラストはかっこいい装置に見えるが、実際に作ってみたものは、写真の通り、不格好なものになった（図５‐７）。通電を確認するためのＬＥＤなどをつけたり、ニクロム線の形を変えられたりするようにした。ようは見た目を犠牲にして作業効率を上げたのだ。

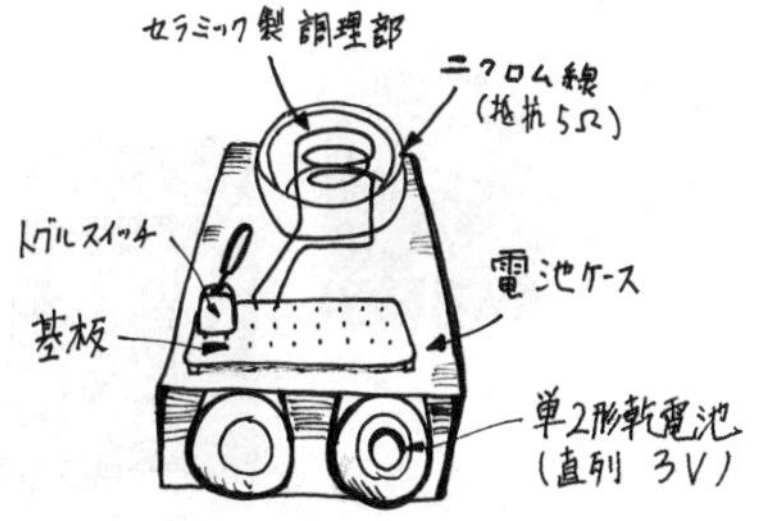

図5−6　電熱加熱方式のポップコーン調理器具の概念図

いよいよ回路に通電する。

トウモロコシの粒とバター、塩をアルミホイルにまき、セラミック製の容器の中にあるニクロム線の上に置く。セラミック製の蓋をして、スイッチをＯＮにする。

熱電対でセラミック製の容器の内側の温度を測りながら様子をうかがう。十数秒後、バターの匂いが立ち上ってきた。バターが溶けているのだ。熱電対の温度は50℃を超えている。

計算より温度上昇のペースは速いが、今のところ問題ない。やがて１００℃を超えた。

　温度はどこまで上がるだろうか。２００℃を超えれば安全のためにスイッチを切るつもりでいた。そして、新たにより長いニクロム線に取り換えるか、追加で抵抗を加えようと思っていた。しかし、絶妙な１９０℃あたりで一定となった（図５－７）。放熱と温度による抵抗値の上昇と発熱のバランスが釣り合ったのだろう。試しにセラミック製調理部分の蓋を取ってみると、温度は急激に１５０℃付近まで低下した。蓋をすることで温度が外に逃げずに、適度な１９０℃付近を

図5－7　電熱加熱方式での調理中の様子

保っているのだ。

　後は待つだけ。

　２分が経過した。何も変化は起こらない。４分経過。バターの匂いは、僕の嗅覚が慣れたせいか、もしくはすべて蒸発してしまったせいなのか、全くしなくなった。そして、５分が経過し、「また失敗か……」とあきらめかけて熱電対のスイッチを切ろうとした時、バン、

という破裂音とともにセラミック製の蓋が吹っ飛んだ。図５－８は、蓋が吹っ飛んだ時の写真だ。この距離をセラミック製の蓋が飛んだのだ。そして白く弾けたポップコーンがセラミック容器の中に鎮座しているではないか。

図5－8　出来上がった直後の様子
セラミック製の蓋が５cm飛んだ！

回路のスイッチを切り、十分に冷ましてから、１粒だけできたポップコーンを食べてみる。うまい。直火加熱方式の失敗も、映画館での悔しい思い出も忘れる至高の味だ。思わず涙が出そうになった（泣かなかったが）。

今回は、ポップコーンを対象に、調理器具を考えてみた。このように加熱ができるのであれば、ほかの料理にも使えるだろう。冒頭でも触れたカレーもできるだろう。もしかするともう少し大きなサイズの調理ができたかもしれない。

次はこれで何を作ってみようかな、と思いながら、僕はまだほんのりあたたかいこの調理器具をポケットにしまってみた。ポケットはかなり膨らんだが、なんとか中にはおさまった。

コラム5

登山道具の見惚れる機能美

世界一小さい調理器具を探して、防災用品や軍隊の携行品などを調べ回った挙句、求めていたものに近いものとして行きついた先は登山道具の世界だった。

まぁ、もともと、嫁の登山道具を眺めている時に、「最小の調理器具って何だろう？」と疑問が湧いたのが探し始めた発端だったので、驚くことは何もない。逃げた飼い犬を探し回っていたら、自分の家の庭で発見したような話だ。

たぶん言い切っていいと思う。登山は危険なものである。装備が不十分だったり、考えが甘ければ生死にかかわる。それでも登山は自然に出会える魅力的なものなので、多くの人が山に登る。その中で登山に使われる道具たちは進化し続け、小型化、軽量化が行われていった。小型かつ軽量であることで、より多くのものを携行できるようになり、それが安全へとつながったし、登山道具のマーケットを活性化させたと思う。

山登りを趣味とする人々（僕の嫁もそうだ）から話を聞く中で、みなが一様に口を揃えて言うのが、ここ10年で登山道具は急激に変化したということだ。さまざまなメーカーが現れ、機能やデザインが大幅に向上し、登山を趣味とする人間も増えてきたという。実際、僕も調理器具を調べるために登山道具の店を見て回ったが、そのオシャレさにくらくらとめまいがした。カラフルで、洗練されていて、専門用語が飛び交っていて、僕のような山にも登らずファッションセンスのかけらもない人間はお呼びでない雰囲気がそこに充満していた。もっと、登山道具は、質実剛健で野暮ったいものであると勝手なイメージを持っていたのだ。初めにも書いた通り、僕は山登りを危険なものだと思っていて、そこで生き残るためにはオシャレさなど二の次であると、勝手に思い込んでいたということもある。

登山道具の世界を調べる中で僕が一番に驚いたのは、登山の際に必要とされる道具の多さである。行程にもよるが、登山靴、ジャケット、水筒、非常用の救急箱……1泊以上するならばテントに寝袋にマット、おそらく品目数は20点を超えてくる。僕が注目している調理用の器具も、もちろん含まれる。細かいものも加えていくと、酸素を含むタブレットや水の消毒剤など、「そんなのもあるの？」というアイテムまで持っていく。登山を趣味としていなかった僕から見ると、趣味とする方々に誠に申し訳ないが、ちょっと呆れてしまう。「そこまでして山に登るのですか？」と言いたくなる。

しかし、一つひとつのアイテムをじっくりと眺めるうちに、僕はだんだんと理解していく。この登山道具たちは、ちゃんと機能を持ったままで、なおかつデザインも優れていることがわかってくる。機能美というか、余分なものを切り落とした跡がある。色とりどりのアイテムの中から一つずつ選んでいき、自分のスタイルを確立し、実際に山に登って使うのは、とても楽しい作業なのだろうと思う。

自分が山に登るなら、どんなものを選ぶだろうか？　まずは僕の肉体と根性の改造からスタートしなくてはいけないんだろうけれど、それはひとまず置いておいて、考えてみた。そして出会ったのが「ウルトラライトハイキング」というものだ。

ウルトラライトハイキングとは、できる限り物を持たずに山と向き合うという登山スタイルで、荷物の「軽さ」だけではなく、その向こう側にある「シンプルさ」

や「自然との関係」にこそ核心があるという考えだ。ウルトライトハイキングの第一人者である土屋智哉氏の著書（タイトルもそのまま『ウルトラライトハイキング』〈山と渓谷社〉）を一読し、僕はその思想に感銘を受けた。誤解を恐れず書くとすれば、「ウルトラライトハイキング」は、荷物をできる限り少なくし、軽量化を突き詰めることで、かえって山登りを楽にし、より自然を感じ取れるようになるという「思想」である。もちろん「安全」を軽視したりしない。うん、これが本来あるべき姿じゃないかなと僕は思う。登山道具が軽量化、小型化していく流れは正しい進化の姿だと思うけれど、それで生まれたザックのスペースに、不要なものを詰め込むのは健全な行いでないと僕は思う。それならいっそ、軽くなったザックを担いで、足取り軽く山を歩き、直に地面のでこぼこを感じながら眠る方が、山に来たなぁと思うのだけれど、どうでしょう。

さて、最後に調理器具の話。『ウルトラライトハイキング』の中で、著者の土屋氏は一つのアルコールストーブを紹介していた。チタニウム製で、わずか34ｇのこの製品は、手のひらに載るサイズで、「とにかく湯を沸かす」という気概にあふれた構造をしている。余分なものは何もない。あるのはエタノールや固形燃料を入れる部分と、気化したアルコールを放出する穴だけだ。鍋を載せるゴトクを含めても、余裕でポケットにおさまる。さすがに鍋は別だが。

僕はこのアルコールストーブが一目見るなり気に入ってしまい、小一時間ほど悩んだ挙句、購入してしまった。そして購入したその日にフリーズドライのカレーを作った。自宅の台所で、娘が観る子ども向け番組の音声を耳にしながら、本来山で使われるべきアルコールストーブが頑張ってお湯を沸かしている姿を見るのは、どこか申し訳なく、奇妙な時間だった。そしてアルコールストーブは立派に役目を果たし、カレーは美味であった。いつかこのアルコールストーブを持って山に登ることができたら楽しいのだろうなと思う。そして自分が本当に山に登る姿を想像してみる。ザックに何を入れようか。まずはこのカレーを3食分だ。やっぱり僕は、いろいろ持って行ってしまうのだろうな。

アルコールストーブ（EVERNEW INC.）。余分なものをそぎ落とした製品。山で使うわけではないけれど、自宅でコーヒーを淹れるために使用中。

第6章

自転車バター

オーバー40の体力……

以前は難なくできていた徹夜も、今では深夜2時を回ると目がしょぼしょぼしてきて、目覚ましのコーヒーを淹れようと鍋を火にかけたものの、気がついたらカップラーメンを食べていた、なんてこともある。「生活習慣病予防健診」の用紙も届き、もう若くないのだとハッとさせられる。

特に深刻なのが体重増加で、学生時代より15kgも重くなってしまった。これが体力低下の諸悪の根源かと思われる。何をしても疲れやすいのだ。研究会などに出席し、久しぶりに会った研究者から「松尾さん太りましたねぇ」と言われることがたびたびある。「そうですかぁ、そうですねぇ」と、笑って適当な返事を返すが、その研究会の際に着ていたスーツが学生時代に購入した古いもので、ズボンのボタンが閉まらずベルトでごまかす始末で、定量的にも太ったことが明らかである。

そんな事態に、わが嫁は「自転車に乗ってサイクリングにでも行ったら」と勧めてくる。結婚した時に、僕たちはそれぞれ同じ型の折り畳み自転車を購入していたのだった。車に積んでどこかに行き、そこでサイクリングでもしてみようと思っていたのだが、結局、家の近くのパン屋さんに一度行ったきりで、自転車は折り畳まれたまま倉庫の中でホコリをかぶってしまっていた。しばらくして子どもを授かると、ますます自転車を漕《こ》ぐという行動の難易度が上がり、そのまま物置の中で眠りについていた。

「自転車で1時間でもぶらぶらと走ってきたら？」

「うーん……」

正直、気が乗らない。この僕の性根が、運動不足の原因なのだ。すなわち、体を動かすための運動ができないのだ。

黙々とジョギングやサイクリングをしている人をときどき見かけるが、僕は彼らのことを心の底からすごいと思っている。健康維持のため、気分転換のため、ただ単に楽しいとか、いろいろな理由があると思うが、僕は、ただ走るために走る、ただ自転車を漕ぐという行動を躊躇《ちゅうちょ》してしまう。何か買い物のためであったり、見たことのない風景を見るためであったり、そういうよほどの「目的」がないと動き出せない。

以前はこうではなかった。僕も自転車に乗っていろいろな場所に出かけていた。大学時代は気が合った親友と、地図に向かってダーツを投げて、そこに自転車に乗って行ってみようというおかしな遊びもやっていた（結局、20か所くらいは出かけた。実に楽しかった）。今も、同じように自転車に乗って飛び出したい。しかし、土日の休みの日にも、何かしらほかにやるべき用事を抱えていて、次から次へと処理しなければならず、ぽっかり空いたような1時間くらいの隙間ができても、居間でぐたーっとしてしまう。よほどの「目的」がないと、自転車に乗れないという気持ちになって、結局自転車は倉庫で眠ったままだった。

嫁から〝運動〟のお誘い

そんなとある日、ふと嫁がスコーンを作ると言い出した。スコーンとは、イギリス伝統の素朴なお菓子であり、これを作るためにはバターとホエーという液体を必要とするらしい。そこで嫁は生クリームを買ってきて、空のペットボトルに入れ、居間で転がっている僕に渡した。

「ハイ、運動」

「運動？」

「生クリームを振ると、バターとホエーになるから」

これぐらい運動しなさいよ、と突かれて、僕はペットボトルを振り始めた。すると5分くらいで液体だった生クリームが固形化してきた。

「おっ、何かできたぞ」

手を止めて眺めていると、

「もっと振れ、それはまだバターではない、ホイップクリームだ」

そんな嫁の叱咤《しった》を受け、無我夢中で振り続けると、やがてうっすら透明な「ホエー」と呼ばれる液体と、固体のバターに分かれた。

「ホエー、これは珍妙な」

僕の言葉を無視して、嫁はペットボトルからそれらの物体を取り出して、スコーン作りを始めた。イギリス王室御用達のレシピによると、スコーンを作る際にホエーを使うことが本式であるらしい。ちなみにホエーとは乳清と呼ばれる水溶液のことであり、さらさらとした牛乳のような味わいが特徴であるという。

生クリームからホイップクリームになり、最終的にバターになるなどと僕は知らなかった。さっそく調べてみた。『すがたをかえる食べもの④牛乳がへんしん』（学研プラス）によると、生クリームがバターになる理屈は次の通りだ。

クリームの中には脂肪が入っている。その脂肪はうすい膜で覆われていて、振ると、膜が

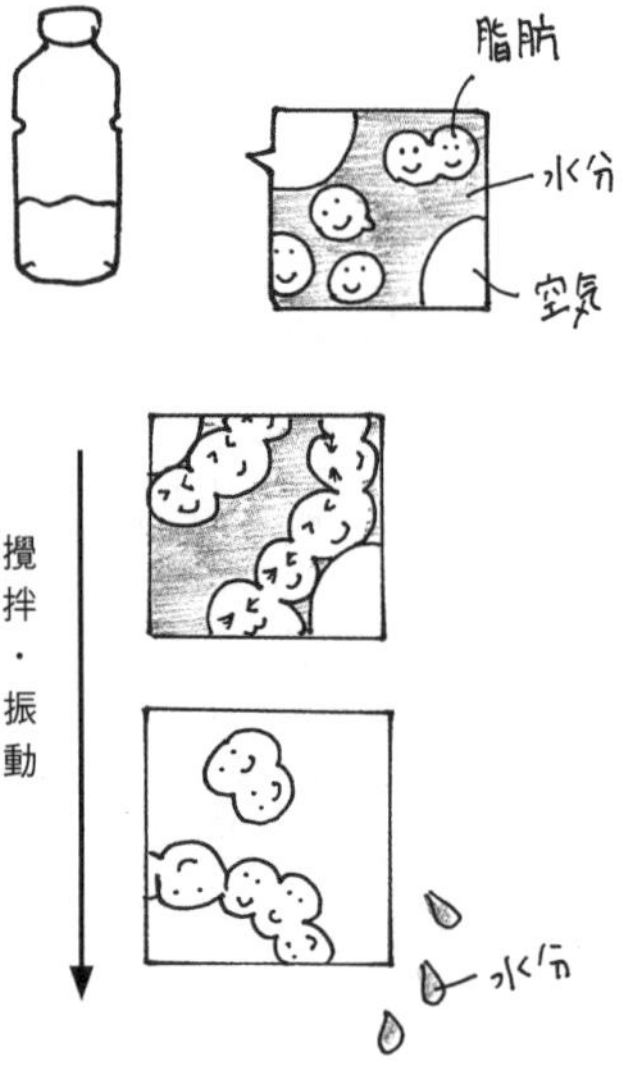

図6－1　生クリームからバターができるまでの分子的な変化（イメージ）

破れて、中の脂肪どうしがつながる。さらに振ると、脂肪がつながって、間に空気が入った状態になる。この状態がホイップクリームである。

さらに振り続けると、水分が離れて、さらに脂肪どうしがくっつく。これがバターの状態である。そして抜けた水分がホエーである（図6－1）。生クリームに含まれる脂肪と水分を分離させ、集められた脂肪分がバターというわけである。

「いい運動をした後には、ご褒美がある」

そういって、嫁は出来上がったスコーンを一つくれた。スコーンをかじりながら、僕はふと思った。もっと効率よくバターを作ることができれば、もっと大量のスコーンにありつけるのではないかと。手で生クリームを振るよりも、もっと簡単な……。

そうだ、自転車に乗って、バターが作れないか？
自転車を漕ぐ時の振動で、バターを作ることができるかもしれない。バターを作るという目的があるのなら、自転車にも乗れる気がした。そしてさらに、面白いことを思いついた。

僕が自転車に乗って消費したカロリー数（A）と、
出来上がったバターのカロリー数（B）

をそれぞれ計算し、どちらがより大きいかを比べたら面白いのではないか？

壮絶なバターの誕生

子どもの頃聞いた話で、とある乳製品が偶然生まれたきっかけとして印象に残っているものがある。ラクダの背中に乗った隊商が、ラクダの乳を袋に入れて砂漠を行き来していた時に、偶然その乳製品ができたというエピソード。僕はその乳製品のことをバターと記憶していた。だから、自転車に乳を乗せて走ることで、バターができると思ってしまった。しかし、

図6－2　人類が初めてバターを作った時のイメージ

改めて調べてみると、ラクダ（もしくは馬）に揺られて生まれた話はチーズのことであったらしい。ではバターは？

木につるした革製の袋に乳を詰めて、棒で殴ることでバターが生まれた。

これがバター誕生秘話であるらしい。なんと壮絶であろうか。いったい何の理由があって、乳を袋に詰めて棒で殴ろうと考えたのだろうか（図6－2）。我々の祖先は実にいろいろなことを試したのである。

結局、バターはラクダの背中の上ではできず、作るためにはやはり棒で殴らなければならないのだろうか。そんなことあるわけもなく、先に述べたように工業的に「脂肪と水分」を分離して作られている。具体的には遠心分離して、脂肪と水分を分けている。全体の工程を図6－3に示す。個人的には牛乳から分離された脂肪分（バター）の風味を強めるために、

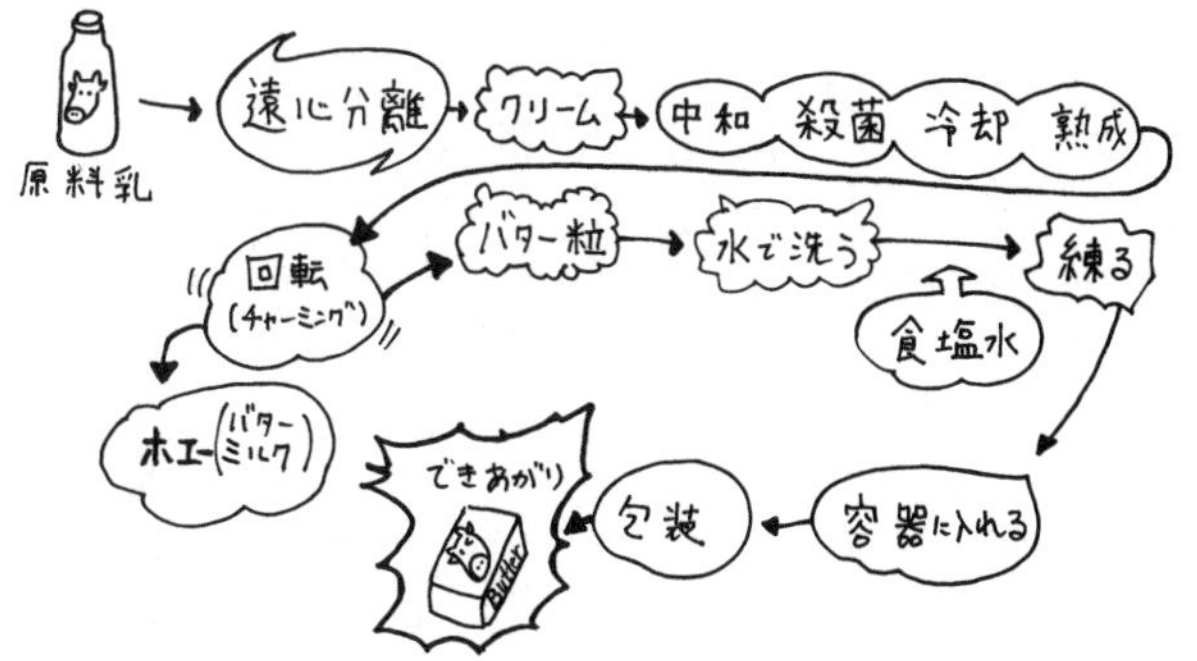

図6－3　原料乳からバターを工業的に作る場合のプロセス
ペットボトルで作るより多くの工程が加わる。

水で洗う過程が面白い。たしかにバター（脂肪分）は水に溶けないので、「洗うことができる」のである。バターに塩を足すのは、賞味期限を延ばす効果があるらしい。焼いたトーストに載せるバターにほんのり塩味が効いているととても美味であり、そのために塩が加えられていたのかと思いきや、賞味期限が関係していたとは。クッキーを作る際に使われるバターは、塩味は不必要で、こちらは「無塩バター」が主に用いられる。

　さて、現代において実際に作られるバターの工程を見てきたが、バターは「脂肪分と水分」を分離させて作られるので、木につるして殴っても、自転車に乗せても、できそうだと思われる。木につるして叩く場合も自転車の場合も、ポイントは僕が自分の手でバターを作ったように揺れることにあるからだ。

そもそも自転車はなぜ揺れるのか？

自転車を運転している時、左右に揺れているのを自覚している人は多いだろう。自転車を走らせようとした時、右足を踏み込む時には、直立していた体を左に傾ける（自転車のハンドルは右に切る）。そして反対の左足を踏み込む時は、体を右に傾ける。踏み込む足の方に重心が掛かるため、これを相殺しようとして、無意識に反対側に自転車を傾けて、その結果として重心をタイヤの接地の線上に置いてバランスをとろうとしている（図6 - 4）。

もっとわかりやすく、喩え話をするならば、自転車と同じ二輪車であるオートバイについて書かれた書籍『オートバイの科学』（講談社）に、よい説明がある。

右側、もしくは左側に倒れようとする時、倒れそうになった方向に進むように、我々は無意識的にハンドルを切ろうとする。これは「手のひらにホウキを載せる様子」に似ている。ホウキが右に倒れそうになると、手をすばやく右に移動させ、左に倒れそうになったら手を、無意識的にすばやく左に移動させて倒れないようにしているのだ。

このように左右にハンドルを切り、左右に体を傾けながら走る必要があるのは、自転車のスピードが低い状態であり、より高速になるにつれ左右の傾きは少なくて済む。これは、車輪の回転速度が速い場合に見られる「ジャイロ効果」が現れて、車体が安定することで説明ができる。ジャイロ効果について語りだすとさらに長くなるので、ここでは省略する（少々乱暴であるが、速く回転しているコマは安定しているが、コマの回転がゆっくりになるととたんにバランスが悪くなることはジャイロ効果で説明ができる）。

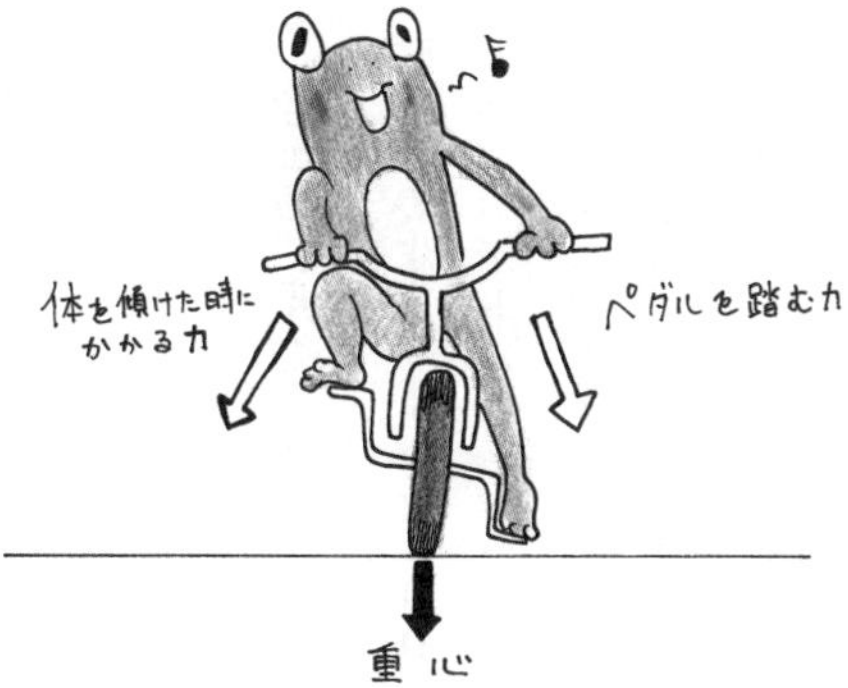

図6−4　自転車を比較的ゆっくり走らせた時に左右に揺れる原因のイメージ

バターの話に戻ろう。自転車でバターを作ろうとする時に重要なことは、

・容器に入れた生クリームをハンドルに水平になるように置くこと（手で生クリームを振る時の動きに類似するように）
・ゆっくり走ること

であると思われる。そうすることで、冒頭で試し

たような手で振る動作と同様に生クリームが攪拌されて、バターになると考えられる。それでは試してみよう！

自転車に乗って振ってみたけれど……

動物性の生クリームを１００ｇ、よく洗浄したペットボトル（５００ml）に入れて蓋をする。ペットボトルいっぱいになるように生クリームを入れないのは、揺らすための空きスペースが必要だからである。それをリュックサックに入れて、自転車にまたがった（図６-５）。15分おきにペットボトルを観察して、自転車を何分漕げば生クリームがバターになるかを調べてみた。

走るルートは、自宅近くの市内の運動公園。ここならば生クリームを背中に担いで自転車で走っていても不自然ではない。これが例えば市街地で、左右にゆっくりと揺れながら自転車を運転し、ときどき生クリームの様子を見ながらニコニコしていたら、職務質問にあいかねない（僕が警察官ならば２時間くらいは理由を問いただすだろう）。

秋の心地よいある日、僕は生クリームを詰めたペットボトルを４本背負って、家族に見送

図6−5　生クリームの入ったペットボトルを背負ってサイクリングに出発する様子

られながら走り始めた。

結論から書く。１時間も自転車を漕ぎ続けたが、生クリームには何の変化も生じなかった。自転車はできる限り低速にして、左右にしっかり揺れていた。なぜだ。手で振った時はバターができたではないか？

思いつく理由は一つくらいだ。自転車で左右に揺れる周期が、手で振った時と比べて長いのだ。手で振った時は１秒間に3回ほどの振動。自転車の時は、せいぜい１秒間に１回程度の振動だ。この差が出てしまったのかもしれない。

１時間の自転車の運転で消費したカロリーを計算してみると、約２９４キロカロリー（体重80kgの成人男性が時速８kmで自転車を運転した場合として計算）。

出来上がったバターはもちろん０g、０キロカロリー。

どうしてくれよう、無駄に痩せてしまったではないか！

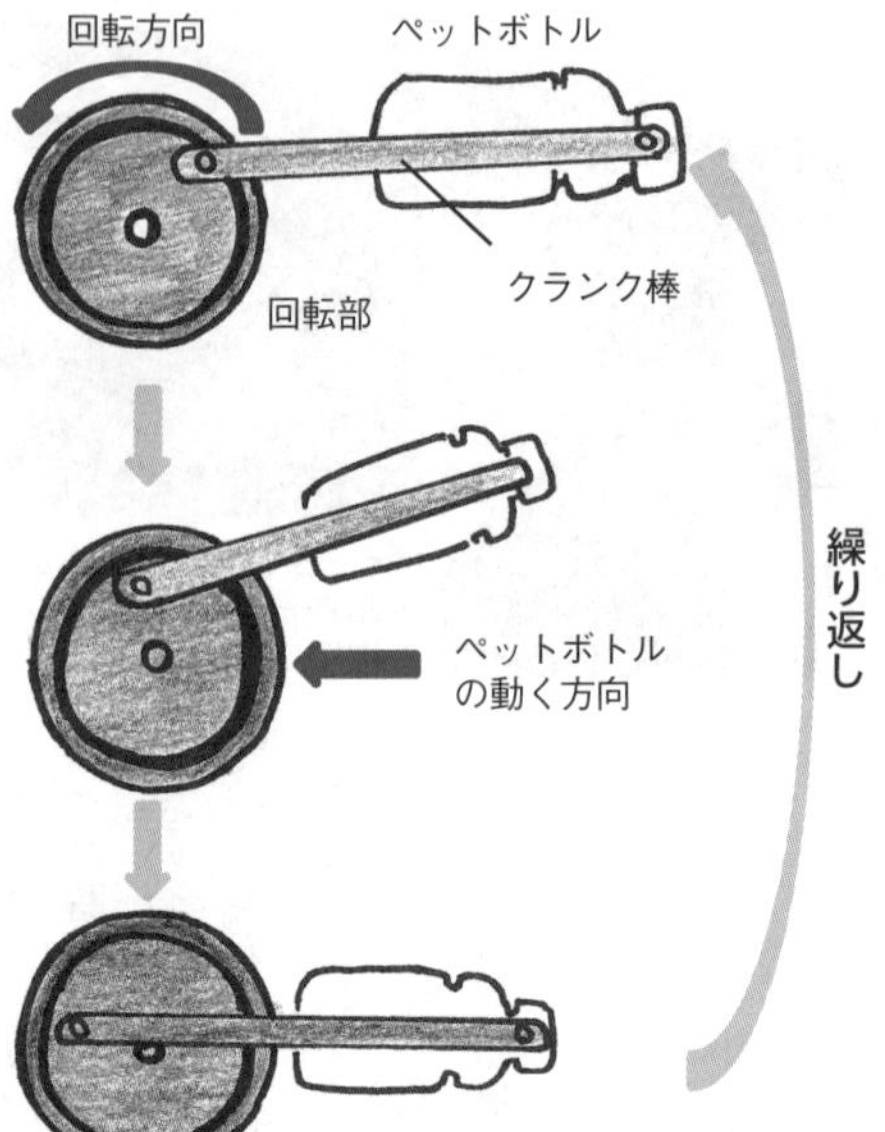

図6−6　自転車バター製造機の仕組み

回転部が回るのに合わせて、生クリームを入れたペットボトルが振動する。

自転車バター製造機

1秒あたりの左右の振動回数を高める……すなわち手での振動に近い1秒あたり3回程度にするためにはどうすればよいか？　僕はある装置を考えた。

自転車のタイヤの回転を使って、クランクの仕組みにより生クリームを入れたペットボトルを振動させるというものだ。

図6-6に仕組みを説明する。回転部（小さなホイールのようなもの）にクランク棒を打ちつけて、クランク棒の反対側をペットボトルにも接続する。そして自転車のタイヤに回転

部を接触させる。自転車が前に進めば、回転部が回転し、ペットボトルが振動する（このイラストでは前後に）。タイヤに対して回転部が小さければ、ゆっくりした速度で自転車を運転するだけでもペットボトルは高速に振動する。一方で、回転部が小さ過ぎると、振動距離が短くなりペットボトルの揺れも小さくなり過ぎるのでダメである。ベストかどうかわからないが、手元に直径が約15㎝のゴム製の円形の部品があったので、これを採用した。僕の自転車のタイヤの直径が約50㎝なので、それより小さく、問題はないであろう。

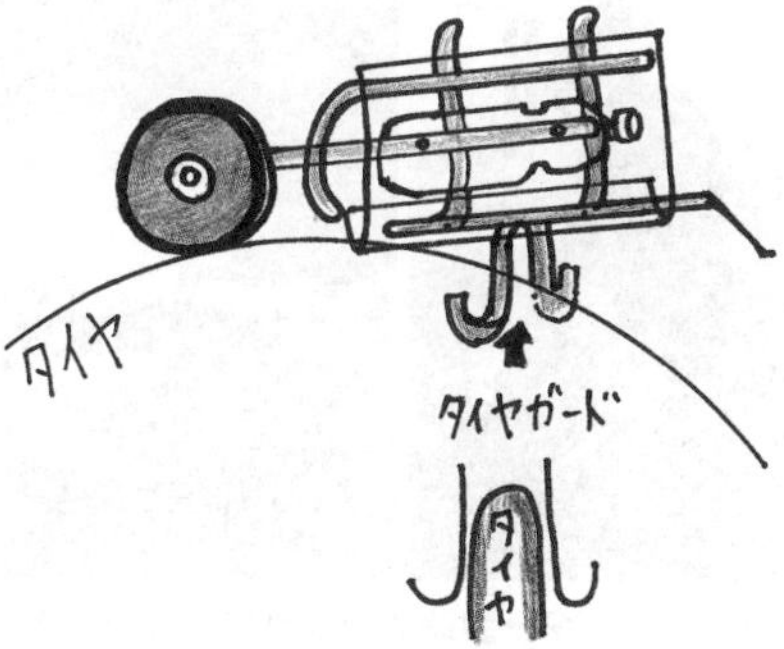

図6−7　作製した自転車バター製造機

タイヤガードをつけたことで回転部とタイヤを常に接触させることができる。

　この装置には、回転部がちゃんとタイヤに接触することが求められる。そのためタイヤガードなるパーツを追加して、タイヤと回転部がズレないように強制的に固定した（図6-7）。これで回転部は無事にタイヤに接触する。

　試しに手で回転部を回してみる。ちゃんとペット

図6−8　バター製造機を取り付けた自転車

ボトルは振動している！　生クリームはしっかりと攪拌されているようだ。「自転車バター製造機」の完成である。

いざ再戦へ

期待を一身に集めた「自転車バター製造機」は、日も落ちかけた午後5時頃、「近所の目があるから、さっさと行ってちょうだい」というエールを嫁からもらいつつ、出発した（図6‐8）。

うすら寒い秋の夕方、ガッチャンガッチャンと音を立てて走り出す自転車。正直、目立つ。ペットボトルに詰められた生クリームの白さが、だんだんと薄暗くなる中で、やたら主張してくるのだ。運動公園でやればよかったか？　いいや、前回のリュックサックとは違って、装置が丸見えだ。運動公園で実験しても、怪しさ自体は変わらない。

また間の悪いことに、あまり車が通らない道を選んだつもりが、この時に限って往来が激しい。車の運転手が「なんだこれ?」というような顔をしながら通り過ぎるのが見える。車を追いかけてドアを叩いて「バターを作っているんですよ」なんて、説明する気は全くない。結局、車がそばを通るたび、僕は自転車を漕ぐのをやめて、立ち止まるのだった。

図6−9　完成した自転車バター

A：生クリームは見事にホエーとバターに分離した。
B：バターは焼いたフランスパンに塗っていただいた。

5分おきに自転車を止めて、バターの仕上がりを確認する。なかなかできない。30分ほどして、ぼんやりと自分が何をしているのかよくわからなくなってくる。「これはアカンかなぁ……」と思い始めた頃、走り始めて55分後、自転車を降りて確認すると、ペットボトルの中の様子に変化が見られた。固体の部分と半透明な液体に分かれている。とうとうバターが完成したのだ（図6-9A）。

長い道のりであった。僕が自転車に乗るためにバターを作ることになり、失敗を重ね、とうとうこんな機械までこしらえて、ようやく僕は自転車に乗ることができた。

55分間の自転車の運転で消費したカロリーは、約２６５キロカロリー。

一方、出来上がったバターは31ｇ、２２３キロカロリー（１ｇあたり７・２キロカロリーで計算）。

装置を作るのに要した金額。だいたい５８００円。高い。31ｇのバターくらい１００円以下の値段だろう。しかし、コストなど関係ない。自転車に乗ることが億劫《おっくう》だった僕が、２時間近く自転車を漕いだという奇跡に伴って、副次的に生まれたバターなのだ。

出来上がったバターは、その夜、切り分けたフランスパンに塗って食べた。ことのほか美味しく感じられた（図６‐９Ｂ）。

コラム６　目の敵にされるマーガリン

本書での実験で作ろうとしたのはバターであるが、ご存じの通りバターに近い食品としてマーガリンがある。

マーガリンが誕生したのは１８６９年のフランス。当時のフランスを治めていたナポレオン三世（ナポレオン・ボナパルトの甥《おい》）が、当時、欠乏していたバターの代用品のアイデアについて、懸賞金をかけて国民に募ったところ、見事に選ばれたのが、メージュ・ムーリエという化学者が考案したというマーガリンだった。マーガリンの語源は、ギリシャ語の「真珠」である。油脂の油の輝きが真珠に喩えられたからだ。開発者の名前はともかくとして、マーガリン誕生のこうしたエピソードについては、よく知られている話だと思う。

マーガリンは植物性脂肪から作られていて、バターは動物性脂肪から作られたもの、というように考えている方も多いのだが（僕もそうだった）、けっしてそうではなく、動物性脂肪からもマーガリンは作られている。そもそも、メージュ・ムーリエ氏が開発した当初のマーガリンは、牛脂の柔らかい部分と牛乳を混ぜ、冷やして固めてバターのようにしたものだった。

　マーガリンは、フランスだけではなく、日本の戦後の高度成長に伴うバターの欠乏も救ったという話がある。そして先述の通り植物性脂肪からも作ることができ、価格の面からもそちらが主流であったので、動物性脂肪のみで作られる本家のバターよりも健康的であると当時は考えられていた。しかし近年では、マーガリンの製造過程で、水素添加により常温でも溶けない状態にする「部分硬化」という過程にて生成する不飽和脂肪酸（トランス型不飽和脂肪酸）が心血管疾患リスクを高めるという報告から、敬遠しようとする動きが見られ始めた。そこで近年はメーカー各社は技術開発を進め、トランス型不飽和脂肪酸ではなく、飽和脂肪酸と呼ばれるタイプのマーガリンを販売するようになった。ただ、飽和脂肪酸だからといって摂り過ぎると、それはそれで肥満や動脈硬化にもつながる危険性がある。また、実際のところ、日本人の場合、不飽和脂肪酸はマーガリンから摂取するケースよりも、ほかの菓子やパン類から摂取する方が多いといわれていて、マーガリンばかりを敵視するというのは見当違いであるともいえる。

マーガリンについて、いろいろ調べてみたことを列挙してみた。何が言いたかったかというと、リスクを恐れるあまり、正確な判断ができなくなるのは残念なことだということである。

今回の僕の実験は、自転車を漕いでバターを作るという内容だった。実験を始めるにあたり、僕はいろいろなサイトで、生クリームからバターを作っている方の記事を調べていた。そこで、「バターを作るためには動物性脂肪の生クリームを使わなければならない」や「植物性脂肪のホイップクリームではバターは作れない」という記事をよく見かけたのだ。「ああ、そうなんだ。植物性のホイップクリームを、いくら振ってもバターは作れないんだなぁ」と理解した僕は、その数秒後には「本当か!?」とニヤリと笑って、スーパーマーケットに走り植物性のホイップクリームを買ってきて、ペットボトルに入れて振ったわけである。

結果は、できた。バターと思われるものが。植物由来のためホイップクリームには油と水を混ざりやすくするための乳化剤が入っており、動物性の生クリームよりも時間はかかるのだが、まぁ、さんざん振ればできるわけだ。ただ、それは「動物性脂肪ではないのでバターとは言えない」ものである。植物性脂肪ではバターは作れないというのは、ようは、バターの定義の問題なのである。

バターの原料となる「生クリーム」の定義もややこしい。「生クリーム」と名乗れるのは乳（動物由来）を使ったものに限られ、植物性の油脂を少しでも含む製品は、「生クリーム」を名乗ることができず、「ホイップクリーム」などと呼ばれる。なので、バターを作る時は生クリームを使わなければならない、というのは、バターはあくまで動物性脂肪から作られるものであるから、という理屈になる。

では、僕が試しに植物性脂肪であるホイップクリームで作ったバター的なものは何か？　これはマーガリンと呼べるものなのかもしれない。バターでないものはマーガリンであるという考え方をすれば。そして僕のお手製のマーガリン的な何かを、誰かに食べさせようとして、それは不飽和脂肪酸が多く含まれているから嫌だという人がいるかもしれない。でも、僕のお手製のマーガリン的な何かは、トランス型不飽和脂肪酸を含んでいるとは思えない。水素添加などした覚えはないからだ

（僕はただホイップクリームをペットボトルに入れて、手で振っただけだ）。

　恥ずかしながら、僕は実験してみて、そして若干の調べものをして、ようやく理解した。自分たちが食べているものの工程とか、安全性は、ちゃんと一から理解してから判断することがとても大切なことだと。生クリームとホイップクリームのボトルを並べながら、そう思った。

第7章
平均化クッキー

「さじ加減」が重要な料理の世界

大学で実験をした後に帰宅して、嫁の料理を手伝ったりする時に、ときどき勘が狂うことがある。大学では学生に対して指示を飛ばして、フラスコの洗い方がなっていないだのと小言を言って偉そうにしているものの、自宅に戻れば嫁に皿の並べ方や箸の置き方でお叱りを受けてしまう。勘が狂うことはほかにもあって、例えば料理を作る時の分量だ。実験室でＤＮＡを人工的に増幅して解析する際に、ＤＮＡ溶液を１・８μl、反応溶液を３・４μl混合するというような操作をするが、自宅で嫁に頼まれて餃子を作る時は、酢大さじ１杯と醤油小さじ１杯をまぜろと指示されて戸惑う。

「大さじって何ml？」

「はい、これ使って」

キャベツを切るのに忙しい嫁は、大さじと小さじがくっついたものを渡してきた。僕はしばらくスプーンに似た道具を見つめて硬直してしまった。40歳の僕は、すっかり小学生時代の家庭科の時間に習った大さじと小さじについて忘れてしまっていた。こっそり調べてみると、大さじは15ml、小さじは５mlである。大さじ小さじ、すなわち軽量スプーンの概念はいつからあるかというと、日本における栄養学の普及に多大なる功績を残した香川綾先生（医学博士）が提唱したもので、誰でも気軽に、はかりなどの器具がなくても料理ができるように考えられた道具だ。昭和20年代から広まったといわれている。これが重要な道具であるのは間違いないが、僕としては疑問が残る。酢大さじ１杯と醤油小さじ１杯を混ぜると餃子のタレができるのはわかったが、これ、酢を大さじ１杯に対して醤油を小さじ１・２杯くらい入れたら、もっと美味しくなるんじゃないだろうか？　言い換えれば、大さじ小さじというツールを使うことによって我々は便利さを享受しつつ、最高に美味しい餃子のタレをみすみす逃しているのではなかろうか。そういう話を、餃子をくるんでいる嫁にしてみたところ、

「そういうのをさじ加減っていうんでしょう」

自分で好きな分量を試してみれば？　という回答。まさにその通り。あくまで大さじ小さじは料理を簡便にするためのツールであって、実際突き詰めていく時には、さじ加減で調整する。人によって好みの味が違うし、それに合わせて成分を決めればいい。さじ加減という言葉が、料理の世界をよく表していると実験系研究者は思うのであった。

　これ以上、大さじ小さじについて嫁にいろいろごねても、面倒くさい人だと思われるだけだし、下手をすると餃子の数を減らされそうなので、これくらいにして黙っておくことにす

る。

研究者が感じる料理の違和感

科学の世界と料理の世界で、ものの測り方や分量の考え方が違うと思われる。例えばコロッケをフライパンで揚げる時など「キツネ色になるまで」という表現をよく耳にするが、いったいどれくらいの人が本当のキツネの色を知っているのだろう。そもそもキツネの色自体が揺るぎない一つの色ではもちろんない。試しにキツネの写真を10枚並べてみれば、種類によって、そして季節によってもキツネの毛の色は違うことに気がつくだろう。このように料理の世界では、色の定義は比較的曖昧になる。一方の科学（特に物理学）の世界では色の定義ははっきりしていて、色を指定するものとして色相（赤、黄、緑といった色の様相）、彩度（色の鮮やかさ）、明度（色の明るさ）という三つの属性により定義される。ここで誤解していただきたくないのは、僕は料理の際に「コロッケの色相がこれこれになるまで揚げよ」と言うべきだと主張しているわけではないということだ。できるだけ多くの人にコロッケを揚げてもらうためには、キツネの色に喩えた方がずっといいと思っている。

科学と料理の世界で違うのは、その目的であるだろう。科学の世界では「材料ＡとＢを足してＣを作る」時に、最も純度の高いＣを作るために最適なＡとＢの分量を突き詰める（余分な成分Ａ、Ｂを残さないことを重要視する）。一方の料理は、最終目的は美味しさにあるだろう。美味しさ、という人によって個人差がある最終目標に対して、こうすれば美味しくなるという平均値によって各材料の分量が決まっているのだと思う。僕なりのイメージは次の通りである（図７‐１）。

（a）ハーバー・ボッシュ法による
アンモニア生成の反応式

$$N_2+3H_2 \rightarrow 2NH_3$$

（b）ガレット（クッキー）を
作るためのレシピ

小麦粉10＋バター9＋砂糖6 → ガレット
小麦粉10＋バター10＋砂糖7.5 → ガレット
小麦粉10＋バター5＋砂糖3.3 → ガレット

図7－1　ハーバー・ボッシュ法とガレットの強引な比較

（ａ）のハーバー・ボッシュ法というのは、鉄を主体とした触媒上で水素と窒素を直接反応させアンモニアを生産する方法である。この方法が確立されたのが１９０６年で、以降、安定して（アンモニア態窒素が用いられる）肥料の生産ができるようになった。この式にある通り二つの窒素分子（２モルの窒素分子というべきか、以下同）と三つの水素分子が反応して二つのアンモニア分子ができるという流れはシンプルなものである（式の左辺と右辺でNとHの数は等しいですね?）。例えばやや水素（H）が多いアンモニアが欲しいとか、窒素（N）を2倍含むアンモニアを作りたいとか、そういうのはできないわけで、アンモニアはアンモニアでしかない（NH^3）。

一方、（b）にあるのは、僕が料理本やインターネットのクックパッドにて、クッキーの一種であるガレットというレシピ（素材の分量と手順）を検索した一部である。ガレットとは、フランスのブルターニュ地方の伝統菓子で、ぶ厚く、外側はカリッと、中はしっとりとした食感のクッキーだ。このガレットというお菓子の素材の分量を調べたところ、作り方によって分量が異なることがわかったのだ。分量が異なる、つまりバターがやや多いガレットや砂糖が2倍のガレットが出来上がる。もちろん、クッキーを作る時に、ボウルの中で小麦粉とバターが化学反応し……というプロセスなどは起きないはずなので、分量が異なれば出来上がりの食感などが異なる「ガレット」ができるだけである。クッキーを作るのとアンモニアを合成するのは違うのである。

ここまで読まれた読者の中には、何を当たり前のことを言っているのだ、とお怒りの方もおられると思う。みなさんに注目していただきたいのは、図7‐1の（b）なのである。

「ガレット」と呼ばれるお菓子……もちろんほかのお菓子でもよいが、このレシピを考えた人が「私はこれが一番美味しいと思う」という分量が「違う」のだ。それぞれのレシピを考案した人の好みがさまざまであるため、このようになっていると思うが、（a）のような化学式の世界に慣れ親しんだ実験系研究者にとっては、この点が気持ち悪い。最適なレシピの解がどこかにあるはずだと。そしてこう考える。

それだけいろいろなレシピがあるのならば、それらの平均をとった分量で作ったものが、一番美味しくなるんじゃないか？　と（図7-2）。

図7-2　素材の分量には最適となる平均値があるのではという想像図

レシピの平均値が意味するもの

今の世の中、実に便利なもので、料理を作ろうと思ったら、珍しい材料や特殊な器具は通販で購入できるし、レシピに至ってはウェブで検索するだけで数百、数千種類を読むことができる。中でもクックパッドはあらゆる料理のレシピが掲載されているうえ、実際に作った感想も閲覧できるという便利なサイトだ。

「ガレット」のレシピを「クックパッド」で検索してみる。ここで「ガレット風○○」は除外する（○○には横文字のオシャレな料理名が入る。実験系研究者にはそれが何か判別がつかないが、別な料理であろうと推測する）。そうして10のレシピを検索してみて、小麦粉を100gとして規格化（基準を揃えること）してみた。その結果を表7－1と図7－3に示す。

図7－3について、○が「クックパッド」のレシピ、そして●はそれら「クックパッド」のレシピの分量の平均値である。参考までに書籍の中から『菓子の事典』（小林彰夫ほか／朝倉書店）に記された分量を▲で、料理本である『作り続けたいクッキーの本』（新田あゆ子／マイナビ出版）の分量を■で示す。

ここで面白いのは、「クックパッド」の平均（●）は、「クックパッド」の素材の分量の10種類（○）、書籍の2種類（▲、■）とは離れた位置にプロットされてしまった点だ。僕の当初の予想では、それぞれのプロット（○、▲、■）が、平均（●）の近くに集まっているると思っていた。しかし、そうはならず、比較的ばらばらな位置に存在しているということは、

レシピ	レシピ通りの分量（g）			小麦粉100gに対する分量（g）		
	小麦粉	バター	砂糖	小麦粉	バター	砂糖
No.1	95	90	35	100.0	94.7	36.8
No.2	150	85	80	100.0	56.7	53.3
No.3	100	90	60	100.0	90.0	60.0
No.4	300	150	100	100.0	50.0	33.3
No.5	120	60	40	100.0	50.0	33.3
No.6	200	200	150	100.0	100.0	75.0
No.7	300	300	180	100.0	100.0	60.0
No.8	110	120	60	100.0	109.1	54.5
No.9	110	125	75	100.0	113.6	68.2
No.10	100	110	70	100.0	110.0	70.0
平均値	−	−	−	100.0	87.4	54.4
菓子の事典	220	250	110	100.0	113.6	50.0
料理本	120	120	72	100.0	100.0	60.0

表7−1　ガレットの素材の分量とその平均値

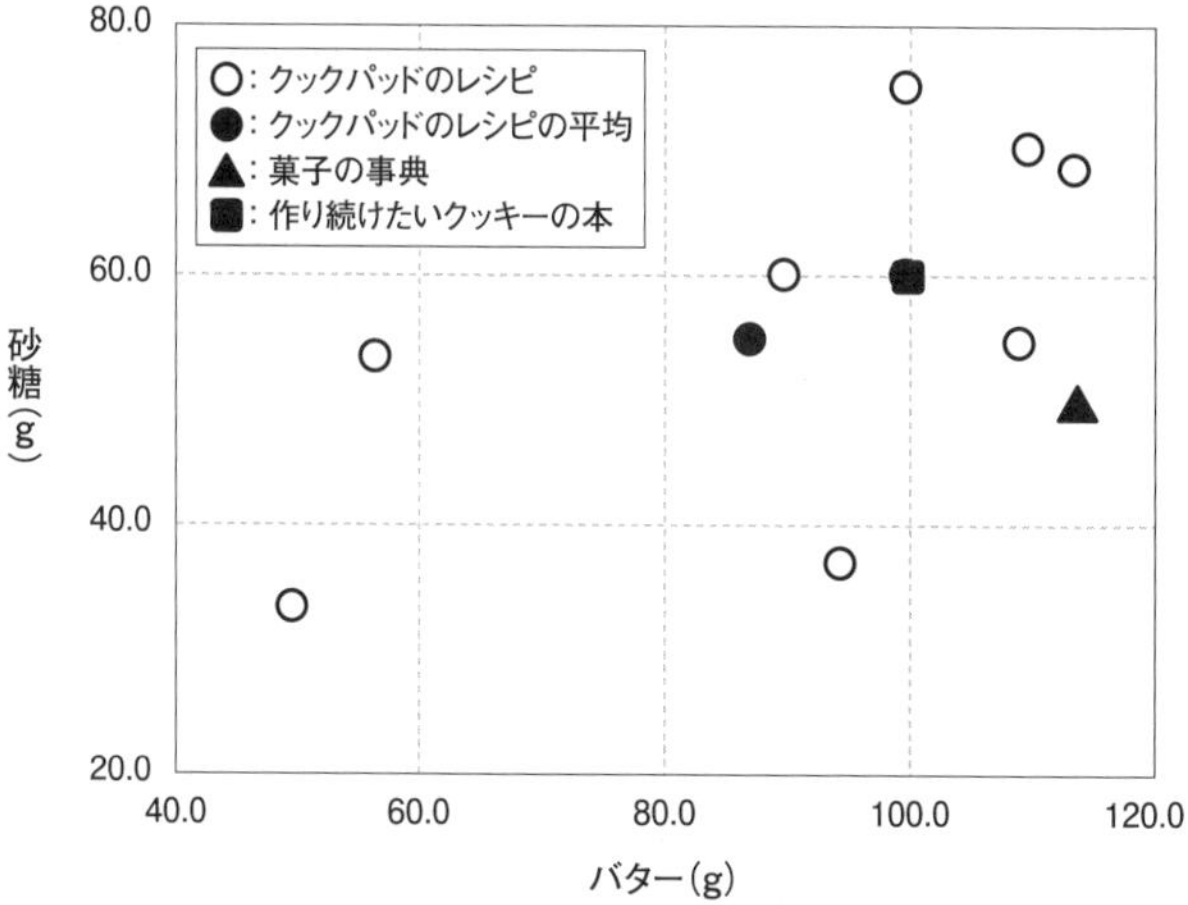

図7−3　ガレットの素材の分量とその平均値のプロット

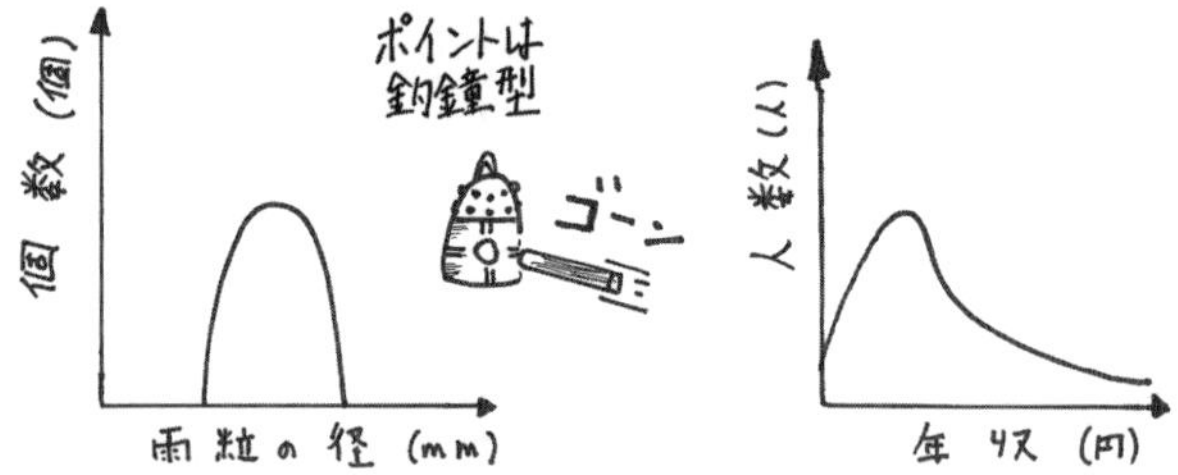

図7−4　正規分布するものとそうでないものの例

雨粒の径と個数（左）は正規分布に従い、グラフは釣鐘型となる。一方、年収と該当する人数（右）は正規分布にならない。

「ガレット」というお菓子が、想像以上にバラエティに富んだ作られ方をするものだということを意味する。「ガレットの素材の分量の平均をとったら一番美味しくなるんじゃないか」、という仮説に自信がなくなってきた。

そもそも平均値という考え方は、役に立つ場合と、役に立たない場合がある。平均が当てになるのは、データが「正規分布」している場合、グラフの形でいうと左右対称のきれいな釣鐘のような形になるものだ。例えばテストの成績や、降ってくる雨粒の大きさなどはおおむね正規分布をとると考えられる（図7-4左）。一方で正規分布をとらないものに年収などがある。特に年収については「平均値」の意味がないことがよく言われている。年収の平均値は近年400万円前半と算出されているが、その年収額に相当する人数は比較的少なく、平均値が適切な代表値とは言いがたい（図7-4右）。

さて、僕は「ガレット」の素材の分量の平均をとったら一番美味しくなるんじゃないか、という仮説を立てた時、小麦粉、バター、砂糖のベストな分量は正規分布すると考えていた。美味しいと感じる分量は、適切なある一つの値を持ち、そこからある程度の個人差があるものの、多い・少ないという好みはなだらかなカーブになると想像していた（統計学の用語を使えば、平均値と最頻値と中央値が一致する、という状態）。しかし、どうやら図７－３のプロットから判断すると、そんな単純なものではない可能性がある。一体、ガレットの中ではどんな複雑なことが起きているというのだろうか？

そのことについて教えてくれる書籍がある。『お菓子のかがく』（津田陽子／文化出版局）には、次の一節がある。

〈小麦粉は、そのまま口にしても決しておいしいとはいえないのですが、お菓子の形を作るのに必要で大切な素材です。卵、砂糖、小麦粉、バターをそのまま天板に並べてオーブンの中で焼くと、目に見えてよくわかります。砂糖とバターは熱で溶けて消えてしまいますが、卵と小麦粉は存在を残します。特に小麦粉は、焼く前と変わらず、さらさらの粉そのままの形を残しています。つまり小麦粉はお菓子作りにおいては、骨組みとなる存在な

のです。〉

すなわち、「小麦粉」「バター」「砂糖」は、それぞれ独立してクッキーの中で振る舞うのではなく、それぞれ相互に関係しているようだ。津田陽子氏の『お菓子のかがく』には、「小麦粉」「バター」「砂糖」それぞれの役割が述べられていて、

「小麦粉」……お菓子の骨組みとなる働き
「バター」……空気をお菓子に取り込ませ、つややかにほかの素材をつなぐ働き
「砂　糖」……お菓子の本質の甘さであると同時に、ほかの素材をつなぐ働き

「小麦粉」「バター」「砂糖」がそれぞれに相互作用して「お菓子」を形作っている様子が想像できる。すなわち、「小麦粉」×「バター」や、「小麦粉」×「砂糖」、そして「バター」×「砂糖」それぞれが、さも化学反応を起こすようなものだ。だとすると、「お菓子」のベストな分量は、単純に正規分布するようには思えなくなる。

どっちなのだ？　検証するしかない！

素材の分量の最適解

データが正規分布を取るのか、そうでないのかを確かめる方法に、「正規分布であると仮定して検証する」というものがある。いったん「正規分布」の理論に落とし込んで、おかしな点が現れれば「正規分布しない」と判定するのだ。これを「お菓子」にも当てはめてみよう。

検証はいたってシンプルだ。ガレットについて、「クックパッド10種類の素材の分量の平均」（ａ）、『菓子の事典』（ｂ）、『作り続けたいクッキーの本』（ｃ）の３種類の分量で作ってみて、３人の人間が実食し、美味しいと思うものを選択するというものだ。この結果、ａが最も美味しいということがわかれば、ガレットは正規分布する……とまでは言えないにしろ、実験系研究者にとっては心地いいことになる。表７‐１をもう一度見てほしい。ａの分量は、小麦粉１００ｇに対して、バター87・４ｇ、砂糖54・４ｇ。小数点であるところが、とてもいい。さて、これが絶妙な「さじ加減」となるかどうか。

実際に作ってみる

ガレットを作る手順は、クックパッドに書かれた手順と、料理本である『作り続けたいクッキーの本』を読み比べてみたが、相違はほとんどなかった。したがって、作る手順は料理本の記述に従うことにした。

まず下準備を始めよう。バターと卵は室温に戻しておく。卵はよくときほぐしておく。砂糖は粉糖と呼ばれる粒子が細かい砂糖を用いる。この砂糖と薄力粉は、それぞれふるいにかける。粉ものが固まっていると食感が悪くなるためだ。

ガレットを作るためには、セルクルと呼ばれる円形の型を必ず用いる。このセルクルの内側に、常温に戻しておいたバターをあらかじめ塗っておく。僕は今回初めてセルクルを使ってクッキーを焼くので、この時点ではいったい何のためにバターを塗っているのかわからなかった。すべりをよくするため？　キツネに騙《だま》されたような気持ちで塗りたくった。

これで下準備は調った。次は実際に生地を作って焼いていこう。

① ボウルにバターを入れ、ゴムベラでほぐす。

②砂糖と塩を加え、空気を入れないように意識しながら、ゴムベラで生地を押さえるようにして混ぜる。

③よく混ぜた卵黄を②に入れてさらによく混ぜる。生地に弾力が出てきたら混ぜ終わり。

④薄力粉を一気に加え、ゴムベラで、生地を切るように2回混ぜ、3回目で生地をかえす。練らないように「1、2、3」の一定のリズムで混ぜ合わせる。「ワン、ツー、スリー」でも「松、竹、梅」でもいい。

⑤粉気がなくなったら、ゴムベラの面を使い、生地を少しずつ分けて、ボウルに押しつけるようにして生地を滑らかにする。

⑥生地をまとめ、ビニールシートに挟む。上から麺棒で押して、生地を広げる。

⑦麺棒の端が載るように生地の両脇にバールを置き、厚さ1・5㎝になるよう均一にのす。バットなどに載せ、冷凍庫で1時間くらい冷やして、生地が硬くなったら取り出す。

⑧台に取り出し、丸型で抜く。天板に適度な間隔で並べ、表面に卵液を刷毛《はけ》で塗り、冷蔵庫で冷やし、卵液が乾いたら取り出す。

⑨再度、卵液を刷毛で塗り、フォークを使って模様を描く。

図7−5　出来上がったガレット

左からa（クックパッド10種類の素材の分量の平均）、b（『菓子の事典』）、c（『作り続けたいクッキーの本』）。焼き色がaだけ濃いが、これは素材の分量の違いか、長くオーブンにいたためだろう。

⑩ 一つずつバターを塗った直径5㎝のセルクルをはめて、160℃のオーブンで35分焼いて、取り出す。セルクルを外して、さらに5分焼いて、焼き色を確認し、パレットナイフで取り出す。焼けていないものは、さらに5分程度焼いて、確認する。

⑪ 焼き上がったら、しっかり冷ます。

これで出来上がりだ。

驚きの結果！

ガレットは無事に焼き上がった。キッチンは香ばしい匂いに包まれる。作っている最中は、a、b、cの3種類の見た目はほぼ同じだと思われたが、それぞれ並べてみるとaだけが色が濃いのがわかる。これは分量の違いによるものか、もしくはオーブンの時間のせいである。というのも、aだけが取り出す際に少しモタモタしてしまい、オーブンの中にいた時間が数分長かったのだ（図7-5、表面の模様が異なるのは、3種類のガレットの見分けがつかなくなる危険性があったので、これらを区別するためにフォークで表面に異なる模様をつけたためである）。

実際に食してみる。3人の被験者（20代男性、20代女性、30代女性）にa、b、cと実食してもらう。一番美味しいものに3点、次に美味しいものに1点をつけてもらった。その結果を表7-2に示す。

レシピ	点数
クックパッドのレシピの平均（a）	3
菓子の事典（b）	0
作り続けたいクッキーの本（c）	9

表7-2　実食の結果

結果は非常に明確だった。当初の僕の予想を覆し、最も美味しいものは「料理本」のcとなり、全員がcに3点をつけた。僕が最も美味しいと予想した、すなわちガレットの美味しさが正規分布すると仮定して編み出した「クックパッド10種類の素材の分量の平均」（a）は、あえなく……大差で……2位となった。

「焼き菓子」ではなく「揚げ菓子」？

この両者の素材の分量について、もう一度考えてみる。cの料理本は、ある有名な洋菓子店の店主が記したもので、完成された分量であった。そこに素人（失礼ながら）のクックパッドのレシピ10種が挑んだ形であった。この後者の敗北は、プロと素人の違いかというと、僕はそうは思わない。たぶんガレットというお菓子の作り方の特徴に、その理由があるのではないだろうか？

作り方のところでも説明したが、ガレットは焼く際にセルクルという円筒形の型の中に生地を入れて焼く。このセルクルの役割は、材料を型に入れて成形するなどの役割があるそうだ。試しにガレットの生地をセルクルなしで焼いてみたところ、スライムのように溶けて薄いせんべいのようになってしまった。では、セルクルの中では、いったいどういうことが起きているのだろうか。僕の想像では、セルクルの中で、バターが小麦粉と砂糖でできた生地を「揚げている」のではないかと想像した。

図7‐6をご覧いただきたい。オーブンで焼く前後の生地表面の顕微鏡写真（60倍）である。焼いた後に注目すると、カリカリになった小麦粉の粒が確認できる。

小麦粉をバターで揚げて、砂糖でコーティングされたマイクロサイズの「かりんとう」のようなものがびっしりと詰まったもの……それがガレットの正体ではないだろうか。そしてセルクルがなければ、このマイクロサイズの「かりんとう」は、まとまることができず、砂の城のように崩れてしまうのだ。そう考えると、小麦粉とバターと砂糖の値は、一つのレシピごとにベストなものがあり、崩してはならない一つのセットとして決められるべきであるかもしれない。そうして今一度、aのクックパッドのページを見てみて、僕ははっと気がついた。クックパッドで示されていた各レシピのガレットの出来上がりの写真は、実に多彩であった。もう一度改めて作り方を見直してみると、ガレットの厚さや、オーブンで焼く時間も若干違う。この実験を始める際に、「ガレットを作る手順は、a、b、cで相違はほとんどなかった」と仮定して、ある一つの手順に統一してガレットを作成した。この実験をデザインする際に、素材の分量の違いによる美味しさを検証するため、手順を統一した（統一せざるをえなかった）。その手順はcを作るための手順だった。料理というものは、「分量」×「手順」の組み合わせが、誠に重要なのではないかと結論できると思われる。そういう意味では、僕は実に乱暴な方法で検証実験を行ってしまったことになる。ガレットというひと括りで語られるお菓子は、実は○○ガレット、□□ガレットというように、別のお菓子と呼ん

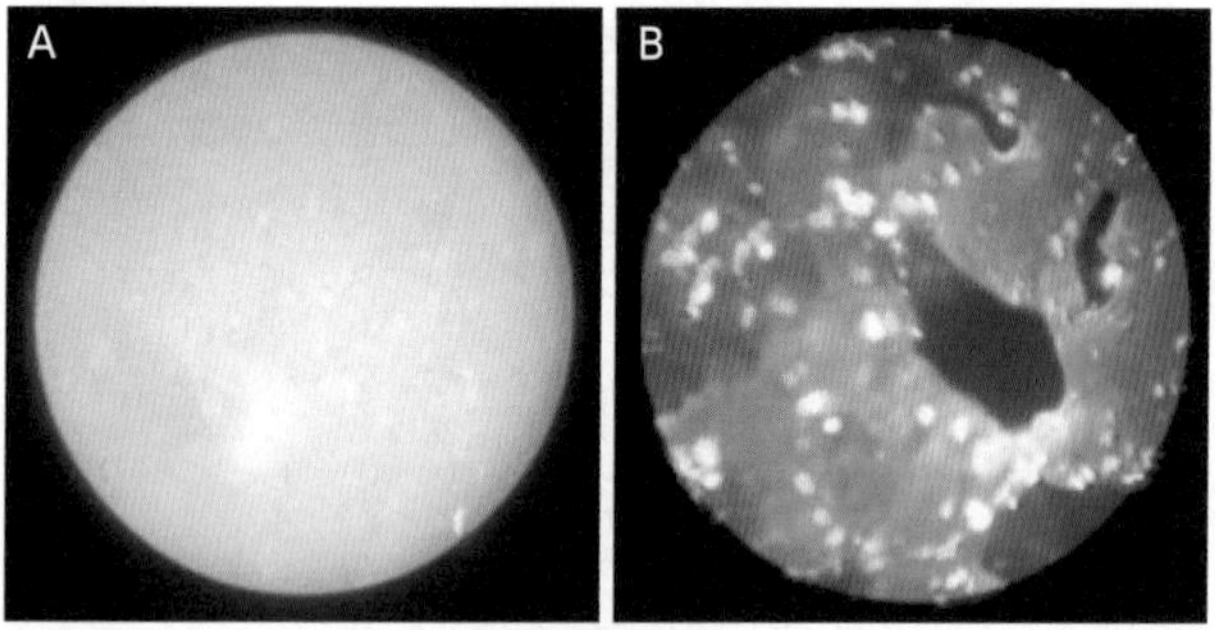

図7－6　ガレットの表面顕微鏡画像

A：焼く前の生地表面の様子。色は白く目立つ特徴は見当たらない。
B：焼いた後のガレット表面の様子。揚がった小麦粉の粒子が見える。
ドゥ・ネイチャー顕微鏡（株式会社ケンコー・トキナー）を使用して観察。拡大率は60倍。どちらもレシピa。

でもよいほど異なるものであったかもしれない。もしかすると、天丼と親子丼と中華丼くらいの違いがあって、僕はそれらをかきまぜて、「これでうまくなるに違いない」としていたのかもしれない。少し極端な想像かもしれないが……。

最後に、どうしてbの『菓子の事典』があまり点を得られなかったかを考えてみる。bの味の感想は、3人とも「少し脂っこい」というものだった。この『菓子の事典』が発行されたのは、今から20年以上も前。もしかしたら当時と今では味覚が違うものであるかもしれない。たっぷりの油で揚げるお菓子や料理が、最高のごちそうであったのかもしれない。そう、昔のことを思い出しながら、残った切れ端のガレットを食べてみた。……うーん、どれもうまいんだがなぁ。

コラム７　パウンドケーキの潔さ

クッキーの素材の最適解を求めて実験を行ってきたわけだが、クッキーをはじめとした、いろいろなお菓子のレシピを調べていくうちに、すごいものに出会うことができた。パウンドケーキである。

パウンドケーキのどこが？　と思われる方が大多数だろう。僕ももちろん、これまでに何度も目にしてきたことがあるし、ポピュラーなお菓子と言えるだろう。しかし、そのレシピについてこれまで考えたことがなかった。小麦粉と砂糖とバターと卵の分量が１対１対１対１という、なんという潔さ。それぞれの分量が１パウンドであるところからその名前がつけられたということだが、それって常識だったたっけ？　知らなかったのは僕だけ？

嫁も一度、作ってくれたことがある。分量も楽だし、作り方もほかのケーキに比べればずいぶん簡単だという。むしろ簡単過ぎて、洋菓子店には置いていなかったりするくらいだと、料理の本に書かれていた。

パウンドケーキはイギリスが発祥だという。たしかにパウンドとはイギリスで使われている秤量《ひょうりょう》単位である。フランスでも作られていて、そこでは4分の1が4つ（カトルカール：quatre-quarts）と呼ばれている。語源は違えども、同じような意味合いを含んでいてとても面白い。

さて、このパウンドケーキ。小麦粉と砂糖とバターと卵の分量が1対1対1対1という点について、面白いなぁと友人に話したところ、さすがイギリス料理だなぁ、と彼は変な感心のしかたをした。この友人、いろいろな国を仕事で訪れることがあり、その土地の料理の話をときどき僕にしてくれるのだが、イギリスでは食事が合わずにひどい目に遭ったのだと、何度も僕に愚痴をこぼしたものだった。

「イギリスの料理はね、手を加えれば加えるほど、美味しさから遠ざかるんだ」
と彼は僕に言った。

彼からイギリス料理論を聞いてからしばらくして、僕は生物学の国際会議に参加するため、イギリスのマンチェスターに行くことになった。彼にもそのことを伝えると、「とにかく食事には気をつけろ」と釘を刺された。「イタリア料理の店に入ればなんとかなる」というアドバイスをくれた。わざわざイギリスに行ってイタリア料理もなぁ、と思った僕は、彼の忠告を無視して、さっそく1日目にイギリス料理を食べることにした。イギリス料理と言えばこれ！　ともいうべき「フィッシュアンドチップス」である。白身魚のタラをフライにしたものに、フライドポテトを添えたという、まぁ、僕の友人の言葉に従えば「あまり手の込んでいない」＝「比較的安全な」イギリス料理といえよう。

それで結果からすると、素晴らしく美味だった。一緒に国際会議に参加した先輩の先生が、あらかじめ下調べしてきて（この先生もイギリス料理に対してかなりの不安をお持ちだった）、マンチェスターで一番のお店というものを探してきてくれたのであるが、「Sam's Chop House」というこの店は、半分地下のようなところにあり、重厚なつくりの店内にいるだけで、それは2割増しに美味しく感じられる。あと1軒、別の日に行ったが、そこはまぁまぁの味だった。やっぱり平均すると、イギリスの料理というものは、満点ではないと僕は思う。

Sam's Chop House での１枚。こんなに量が多いのに飽きがこないのが不思議だった。

　でも、僕は主張したいのだが、イギリスの料理がまずいと言い切ってしまうのは、非常に失礼なことだと思う。みんな先入観にとらわれ過ぎているのではないだろうか。結局僕はその後も、いくつかの店で食事をしたが、その場で食べる素朴なサンドイッチやローストビーフは、ちゃんと美味しいわけで。

　これは勝手な僕の想像だけれど、イギリスの人たちは、人をもてなすための料理より、家庭料理を大事にしているんじゃないだろうか？　家族で楽しむために、素朴なレシピに力を入れてきた結果、ちょっと観光客向けの名物となる料理はおざなりになってしまったのではないか。これはあくまで僕の仮説です。出張前に手にした、イギリス旅行の本で、どこの街でもお薦め料理の写真のところにフィッシュアンドチップスが並んでいる様子を見て、ふと思いついた、僕の勝手な想像です。

第8章
超音波泡盛

海底に泡盛？

大学の教員というのは、実に酒をよく飲む生き物だ。「アルコール量と実験データは比例する」と豪語する教授もおられたりする。一方で僕はお酒を全く飲めない。アルコールアレルギーで、少しでもアルコールの蒸気を吸い込むと、気管がキュッと狭くなり、命の危険がある。なので飲み会の席では、酒が入った教授たちの様子をうかがって楽しむことにしている。また、酒が入った教授たちは、大変に気前がいいので、日頃は頼めないような無理なお願いをここぞとばかりにする。ただ問題なのは、教授の側は大変に酔っぱらうので、肝心のこちらの依頼を翌日にはすっかり忘却していることが多々ある。

お酒が飲めない僕の飲み会での楽しみは料理である。特にお気に入りなのは沖縄料理の店だ。スパムという缶詰のランチョンミートを使ったゴーヤーチャンプルーや、豚の出汁に独特の麺をあわせたソーキそばなど、独自性の高い料理が実に面白い。シークワーサーのソフトドリンクを飲みながらフライパンで炙《あぶ》ったスパムを食べているだけで、日常生活のことを忘れることができる。目の前には泡盛で酔っぱらった教授がいるわけだが。

その泡盛というのも実に面白い。沖縄の酒で、焼酎（単式蒸留）に分類される。焼酎の原料となる穀物は、米や麦などが多いが、泡盛の場合、タイ米（インディカ米）を使う。そして麹菌としては、黒麹（学名 Aspergillus luchuensis）というタイプのものを用いる。学名の luchuensis は琉球に由来する。日本酒やほかの焼酎の製造に使用される麹は黄麹（Aspergillus oryzae）という、似てはいるが別種のものを使う。黒麹の特徴は、比較的暑い沖縄の土地でも存在することができ、クエン酸の生産力が強く雑菌の繁殖が抑えられ、もろみが腐敗しにくいという特徴がある。もちろん味も特徴的なのだが、それは飲めない僕が説明するよりも、ほかののんべえに任せるとして、僕が面白いと思うのは泡盛のラベルである。沖縄料理の店にずらりと並んだ泡盛のラベルには、主に青と黄色と緑色が使われていて、どことなく南国を思わせる。入波平酒造の泡盛「舞富名《まいふな》」は、世界最大の蛾であるヨナグニサンのイラストがラベルの3分の1ほどの面積に描かれているものもある（図8－1）。蛾が大々的にラベルに描かれた酒は、世界広しといえども、この泡盛だけではないかと思われる。

図8－1　ヨナグニサン

前翅長は130～140mmほどで日本最大の蛾。沖縄県指定天然記念物。

そのように多彩な泡盛のラベルを眺めていると、古酒という表示があるものを見つけた。僕たちは古酒を「こしゅ」と読むが、現地では「クース」と呼ぶ。そういえば小学校の頃、沖縄の言葉は「え」行が「い」行、「お」行が「う行」、すなわち「あいうえお」が「あいういう」という発音に近くなると聞いたことがある。この法則でいえば「コ」は「ク」になるが、どうして「しゅ」が「ス」になるのかは謎。しかしまぁ、「クース」という発音は、南国のお酒の名前としてピッタリな気がする。さて、この泡盛は数年間、瀬戸物やステンレスのタンクの中で寝かせると、アルコールの刺激が和らぎ、コクや独特の香りが現れて古酒の味わいとなるという。一般的には、10年程度までは貯蔵期間が長いほど上質になるとされる。

さらに古酒を調べるうち、僕は実に面白い記事を見つけた。古酒を作るために瓶に詰めて海底に沈めるというものだ。

海底に泡盛？　なんで？

海底に入れておくことで、波などの衝撃が超音波として泡盛に加わり、酒がまろやかになってうまくなるらしい。すなわち早く古酒に近づくのだ。そして波が少ない静かな海よりも、適度に波がある荒れた海の方がより熟成が進むという。一方で、あまりに荒れていると、瓶が割れてしまうなどの問題があるため難しい。台風や水圧の影響で2割がダメになってしまという話もあるそうだ。いずれにせよ、海底での保存は一般的に、地上の10倍の速度で熟成が進むと考えられている。海底熟成による泡盛は市販されていて、恩納酒造所（沖縄県恩納村字恩納）では、海中で泡盛を24時間熟成した商品を販売している。また、山川酒造では、スキューバダイビングとからめて売り出し、お客に自ら海中に沈めてもらい、１年後、その泡盛を届けるというサービスを行っている。

大変面白い話だが、一つ疑問がある。ガラス瓶に入れたお酒を海中に入れることで、いったいなぜ熟成が進むのだろう。何が変わるのだろう？

海の中で何が起こっているのか？

「熟成」という言葉の意味を、デジタル大辞泉（２０２０年４月バージョン）で調べてみた。

（1）成熟して十分なころあいに達すること。「機運が熟成する」

（2）魚肉・獣肉などが酵素の作用により分解され、特殊な風味・うまみが出ること。発酵を終えたあとそのままにし、さらに味をならすこともある。なれ。「味噌が熟成する」

（3）物質を適当な温度などの条件のもとに長時間置いて、ゆっくりと化学変化を起こさせること。

（1）を見てわかる通り、「熟成」は食べもの以外にも使われる単語である。また、酵素の作用であったり（2）、時間による化学変化（3）の場合にも使用される言葉だ。総じて「変化」する場合に用いられることがわかる。

お酒の場合の熟成について考えてみる。お酒の熟成という言葉を聞くと、真っ先に思い浮かぶのは「ワイン」や「ブランデー」などの洋酒ではなかろうか。聖書（『新約聖書』マタイによる福音書第9章の1節）には「新しいワインは新しい革袋に、古いワインは古い革袋に」と書かれているくらい、洋酒の熟成については知られている。洋酒、特にワインの熟成の場合、一般的には樽に貯蔵される。樽からさまざまな香り（バニラの香りやスモーキーな香りなど）の成分がお酒に移ることで熟成するのだ。科学的な視点から言えば、穏やかな酸化が進むと同時に、もともとの酸性成分がマイルドになると考えられている。ブランデーの場合も同様に、樽に保存されて、樽からの香りが酒に移ることが熟成の根幹だと捉えられている。

　ところが、泡盛は違うのだ。まず泡盛は一般的には樽には保存されない。ステンレスのタンクや陶器製の甕《かめ》、ガラス瓶に保存される。香りが移るという要素がそもそもない。泡盛は、長期熟成することによって、泡盛に含まれる成分そのものが物理的変化、化学的変化を経て味が変化していくお酒なのだ。では、泡盛に含まれる成分とは何か。表8-1を見ていただきたい。これは食品成分表の酒類の部分を抜粋したものである。上の二つが醸造酒類で、清酒やビール、ぶどう酒（ワイン）などが並ぶ。その下に蒸留して作られる蒸留酒類があり、ここの「しょうちゅう」に泡盛が含まれる（どうして焼酎ではなくて「しょうちゅう」と平仮名なのかというと、「酎」の字が常用漢字ではなく、教科書の類に使えないからです）。見ていただきたいのが、「タンパク質」の欄である。醸造酒類は、お酒を作る際の原料、米や麦が残っているので、そこに含まれるタンパク質（そし

品名	カロリー (kcal)	炭水化物 (g)	タンパク質 (g)
日本酒（本醸造）	106	4.5	0.4
ワイン（赤）	68	1.5	0.2
しょうちゅう（単式蒸留）	144	0	0
ブランデー	234	0	0

表8－1　酒類とその食品成分表

すべて100gあたりの値（文部科学省「日本食品成分表2020年版（八訂）」より）

てタンパク質を分解したアミノ酸）なども残っている。一方、蒸留酒類は、きれいさっぱりタンパク質がない。蒸留が何かわからない方は、味噌汁を想像していただきたい。味噌汁を鍋にかけて放っておくと、水分がどんどん蒸発していって、最後には煮詰められて濃厚な味噌汁ができるか、もしくは焦げた味噌的なナニカが鍋の底にへばりついているのを見ることになるだろう。水は蒸発するが、タンパク質などの有機物やミネラルなどの無機物は蒸発しないで残る。お酒の場合、煮詰めて沸騰させると、水とアルコールだけが蒸気として飛んでいき、この飛んだ蒸気を液体に戻したものが蒸留酒というわけだ（したがって蒸留酒の中にはタンパク質もアミノ酸も含まれてはいません）。泡盛は蒸留酒なので、主成分は何かというと、アルコール、すなわちエタノールということだ。すなわち泡盛が長期熟成することによって変化しているのは、エタノール本体だ。

図8-2に、泡盛が熟成する際のエタノールの化学変化のイメージを示す。新しい泡盛は、水分子とエタノール分子が、それぞれ固まりを作っていて（クラスターという）、そしてそれらが単独で存在している。この状態のものを飲むと、エタノールが直接舌に触れて感じることになり、「とがった」印象を与える。一方で、熟成が進むと、水分子がエタノールと結合し、エタノールを水分子が包み込むような状態（水とエタノールのクラスターができると

いうこと）になるものが増えてくる。これを口に含むと、新しいものとは違って、エタノールを舌が感じるまでにはワンクッション置かれることで、「まろやか」であったり「コク」があったりと感じられるという。

長期熟成により、このような変化が水とエタノールに起こるため、熟成した泡盛はまろやかになると考えられている。さらに、海中で波の超音波を受けることで、さらに効率よく水とエタノールのクラスターが出来上がると推測される。このような変化は、もちろん泡盛だけではなく、洋酒にも起こる。すなわち樽で熟成したワインなどは、樽から香りが移ると同時に水とエタノールのクラスター形成が進むものと考えられる。一方で、樽を海底に沈めるのは全くお勧めできない。海底に沈めた場合、樽を通じて海水とワインが行

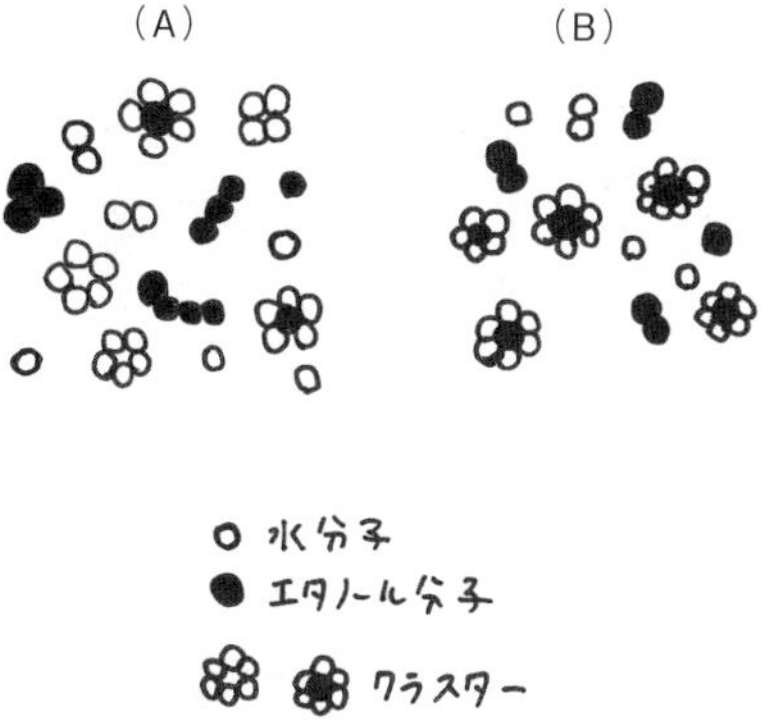

図8－2　熟成の度合いと分子の形状変化のイメージ

A：熟成が進んでおらず、水分子もエタノール分子もそれぞれ別々に存在するものが多い。
B：熟成が進んだ状態。水分子とエタノール分子の集合体（クラスター）が形成されている。

き来してしまい、1年も放っておけば、樽の中はたぶん海水に置き換わってしまっているだろうから。

さて、泡盛が、海の中で素早く熟成することはわかった。その正体は、超音波によるエタノールと水分子のクラスター形成だ。そうであるならば、海中よりも効率よく超音波をかける方法はある。超音波洗浄機を使う方法だ。

よいアイディアは誰かがすでに思いついている

日頃、僕たち実験系の研究者たちが、実験器具を洗浄するのに、超音波洗浄機は欠かせない。実験を行う際に、前回使用していた薬さじやビーカーが汚れていては、必要ない薬品がサンプルに混入して大失敗ということになる。そこで実験器具を洗う際に超音波を用いると、器具から薬品の残りが剥がれて都合がいい。

この超音波洗浄機を泡盛の熟成に使ってみようというアイディアを思いつき、これは一儲けできるのではないかと、ニコニコしながらインターネットで1台2000円の超音波眼鏡洗浄機を調べてみた。すると、超音波ワイン熟成機なるものがすでに製品化されていることがわかった。いいアイディアを思いついたら、とっくの昔に誰かがすでに思いついているものだ。電話を発明したアレクサンダー・グラハム・ベルが、特許庁に発明品を持ち込んだ数時間後に、エリシャ・グレイという別の人物が、同じ原理の電話機を特許庁に持ってきたというのは有名な話。

超音波ワイン熟成機、ソニック・デキャンタという名前のついた定価3万円の製品を、口をへの字にしながらしばらく眺めていて、僕はふと思った。これ、本当に効果あるの？

先ほどまでさんざん超音波が熟成させるなどと面白そうに語っていながら、この変節ぶり。自分でもひねくれた奴だと思うが、本当に効果があるか検証したくなった。まず味がどう変わるか調べてみたい。「とがっていた」エタノールが、超音波によって「まろやか」になるのかどうか。泡盛の古酒再現実験をやってみよう。ただ、それだけならAmazonのコメント欄と変わらない。「美味しくなりましたー」は科学的ではない。超音波によるエタノール分子と水分子のクラスターを作っている現象を明らかにできないか？

凍らせたカルピスで解決法に気づく！

僕はしばらくこの問題をどうするか放置していた。ある時、夏の暑い日、凍らせたペットボトルのカルピスを舐《な》め舐《な》めしながら、授業のスライドを作っていると、ふと思いついたのである。

ペットボトルのカルピスを凍らせたものを想像していただきたい。飲み口の方に濃いカルピスがあり、それをぺろぺろと舐めていくと、やがてだんだん味が薄くなってくる。ペットボトルのカルピスが凍ろうとする時、純粋な水分子から凍り始めて、カルピス成分が最後まで凍らずに残る。今度は溶ける場合は、逆のことが起こり、カルピスの濃度が濃い部分から溶け出す。

この現象は「凝固点降下」というもので説明できる。凝固点降下は、液相にのみ溶け固相には溶解しない溶質を溶媒に溶かすと、溶媒の凝固点が低くなる現象のことである。例えば純粋な水は0℃で凍るが、食塩水や砂糖水はさらに低い温度まで液体として存在するのだ。

水分子とエタノール分子が引っ付いてクラスターを作るということは、水分子とエタノール分子単体の量は減っているはずだ。水分子が減るということは、凝固点が下がるはずだ。

したがって、より多くのクラスターを形成し、純粋な水が減った熟成酒は、凍りにくくなっているはずだ。それから「凝固点降下」と「酒」というキーワードでネット検索してみると、実際に酒を凍らせた人がいて、味が変わると書いていた。これは面白いことがわかりそうだ。

超音波によって本当に泡盛は美味しくなるのか、についての実験内容が固まった。

実験Ⅰ　超音波洗浄機で30分、3時間、泡盛に超音波を浴びせ、未処理のものと含めて3種類のサンプルを、5人の被験者に飲んでもらい、味を評価してもらう。

実験Ⅱ　未処理のものと、30分、3時間、超音波を浴びせた泡盛を冷凍庫に入れ、凍結するまでの時間を観察する。凍結する時間が、未処理の泡盛よりも遅ければ、凝固点降下が起こっているということで、水分子とエタノール分子のクラスターができているということを確認できる。

超音波処理の時間を30分と3時間とした理由は、市販の超音波ワイン熟成機の説明書きの

図8−3　泡盛に超音波をかけている時の様子
実験中は高音が鳴り響く。

中に、15分から30分で効果があると書かれていたので、それを試すために30分を選択し、それ以上の処理時間というところで3時間を採用した。

　実験のための泡盛としては、僕の住む地方の町でも手に入りやすい、比較的流通量の多い「久米仙」を選んだ。超音波洗浄機としては、市販のツインバード工業株式会社のスーパーブルットクリーンαという製品を用いた。出力は21Wである。海底で熟成させる条件を模擬するために、１００ml入る蓋つきのガラス瓶を3本用意した（図8-3）。

　これで実験が開始できる、というところで、他に用意しなければならないものを思い出した。僕はお酒が飲めないのだった。誰か飲める人を連れてこなければ！

味に明確な差が出た！（実験1）

「泡盛を飲んでくれる人募集」とＬＩＮＥで知り合いに呼びかけると、ものの10分で５人の酒好きが返事をよこしてくれた。持つべきものはのんべえの知り合いである。協力者の内訳は、男性が３人と女性が２人。年齢は22歳から38歳までである。

泡盛をガラス瓶に１００ml注ぎ、蓋をしっかりしめて、超音波洗浄機にかける。ガタガタとガラス瓶が小刻みに揺れている。試しに水の中に小指を沈めると、こそばゆい感じに驚いて、思わず指を液面から抜いた。これは効果がありそうな気がする。ただ、超音波が出ている間は、大変にうるさい。自分の部屋で実験をやり始めたことを後悔する。これから3時間は待たなくてはならない。おもむろに、そこいらに転がっていた本を読み始めるものの、5分後にはたまらなくなり、別の場所へ避難することにした。

こうして超音波をかけた泡盛について、Ａ（未処理）、Ｂ（30分処理）、Ｃ（3時間処理）の3種類をボトル（50ml入る醤油さし）に入れて、試飲してくれる人に渡した。一番美味しいものを3点、次に美味しいものを1点、という採点をしてもらった。結果は表８‐２の通りである。

超音波処理	得点
未処理（A）	1
30分処理（B）	9
3時間処理（C）	10

表8－2　超音波をかけた泡盛の試飲結果

最も美味しいものを３点、次に美味しいものを１点として、５名が評価した合計点となっている。

結果からはっきりしているのは、超音波をかけたものとかけていないものでは、味が明確に区別できるということだ。Ａ（未処理）とＢ（30分処理）には明確な差があったわけで、超音波により酒に何かが起こっていて、それは超音波ワイン熟成機でも普通の洗浄機でも実現できたようである。

最も評価が高いのは、僅差でＣ（３時間処理）である。ＢとＣとでは、点数はわずか１点差であるため（すなわちＣを最も美味しいと評価したのは５人中３人である）、あまり違いはなかったかもしれない。

点数とともに、味についてのコメントもいただいた。超音波をかけたＢおよびＣには、「コクがある」や「すっきりしていて飲みやすい」というものが寄せられた。もともと、泡盛が好きかどうかについては事前に調べておらず、考慮もしていなかった。また今回試飲してもらった５人は比較的、年齢が低かったかもしれない。本格的に泡盛をたしなまれる方々とは、好みが違った可能性がある（泡盛の魅力の一つが、クセのある濃厚な香りだとも言われている）。しかしながら、この実験結果から、超音波をかけることで味は変化し、飲みやすくなったということは言えるかもしれない。

熟成した泡盛は凍りにくい？（実験Ⅱ）

次に、超音波をかけて熟成させた泡盛は、含まれる水分子およびエタノール分子のクラスターが増えていて、純粋な水が減ったために、凝固点降下が起こってなかなか凍りにくくなるかもしれない、という仮説について確かめる。凍る温度が異なれば、分子レベルで変化が起こっていると推測できるというわけだ。

図８‐４に示すような実験を実施した。発泡スチロールの箱の中にドライアイスを４kg入れ、その上に黒い塩化ビニル製のシート（厚さ１㎜）を置く。この黒いシートの上に、20mlの泡盛Ａ、Ｂ、Ｃをプラスチック製の容器に入れて載せ、冷やしていく。黒い塩化ビニルのシートの役割は、凍っていく様子がわかるようにするためだ。そして装置内の温度がなるべく上がらないように、発泡スチロールの蓋をするが、観察

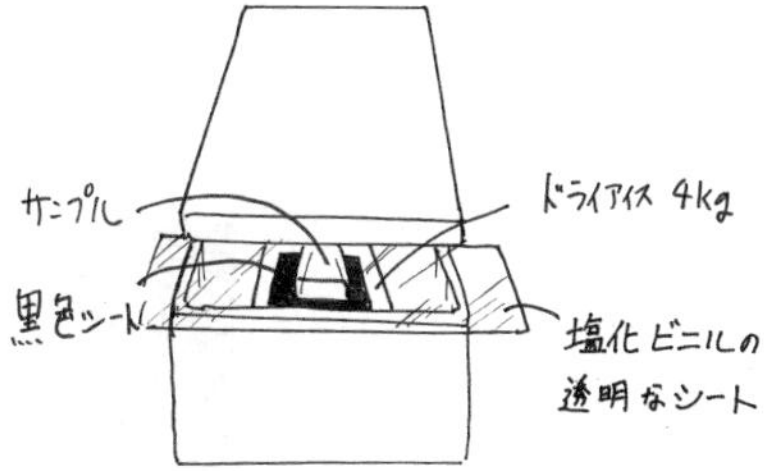

図8－4　サンプルが凍結するまでの時間を測定する実験の概要

ビデオカメラで撮影、早送りで動画を確認し、分単位の凍結時間のデータを得た（凍る瞬間までじっと見ていられない……）。

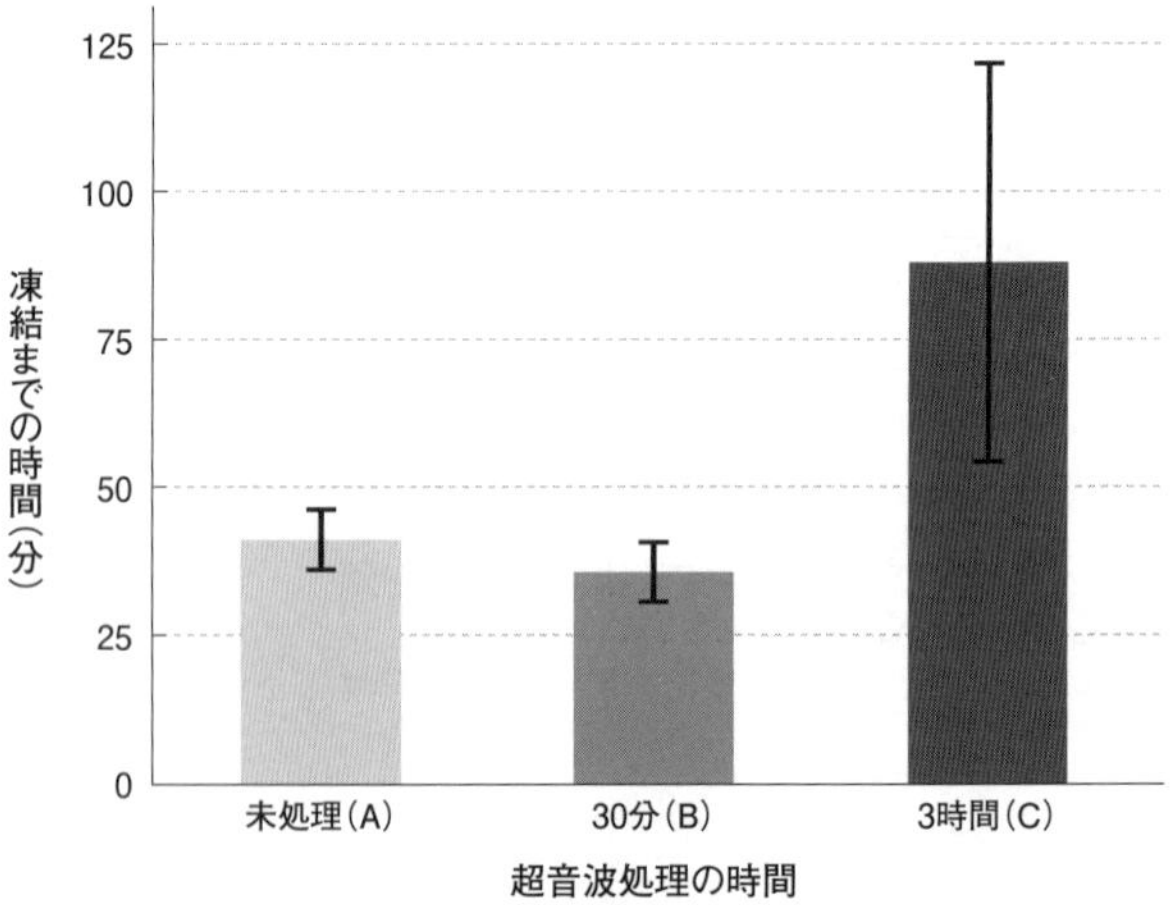

図8−5　泡盛サンプルが凍結するまでにかかった時間
エラーバーは標準偏差。サンプル数は各条件で3つずつ。

用の窓として15㎝だけ隙間を作っておく（この隙間にも、塩化ビニル製の透明なシートを置いて暖かい空気が装置内に入るのを抑制する）。こうして、観察用の隙間から内部をビデオカメラで撮影し、泡盛が凍るまでの時間を測定した（泡盛全体が白くなれば凍ったと判断した）。

結果を図8‐5に示す。超音波により3時間熟成させた泡盛（C）は、凍るまでに時間がかかった。超音波によって、水分子やエタノール分子の変化が起こり、それがまろやかさやコクが生まれる要因となり、味の変化につながっているようだ。しかしながら、未処理（A）と30分処理（B）の泡盛は、凍るまでの時間はほとんど同じであった（誤差の範囲で一致した）。30分の超音波の処理でも未処理のものと比較して味は変化したが、分子レベルの変化はそれほど起きていない可能性がある。

超音波処理によって、泡盛はまろやかになったりコクが生まれたりするが、その原因として成分の変化が起こっていることは言えるだろう。そして実際にそれは「美味しく」なっていた。

そのお酒の美味しさというのは、結局のところ何なのであろうか？

美味しいお酒とは何か？

お酒を飲めない僕が、お酒の美味しさを語るのはとても難しい。間違ったことを書いてしまうかもしれないが、恐れずに整理してみることにする。

「お酒の美味しさ」を説明する時に使われる単語を調べてみた。「コク」「まろやか」「キレ」などのキーワードが思い浮かぶ。これらのキーワードに、「お酒」というワードをつけ、それぞれGoogleで検索してみた。検索結果の数が多いほど、お酒の表現として使われていて、重視されていると考えた。検索結果数を表8-3にまとめる（検索日2020年9月1日）。
この結果から、「キレがある」「コクがある」「すっきり」「まろやか」という言葉がよく使われるということがわかった。そしてそれぞれのページを拝読し、僕なりにそれらの言葉を説明すると次のようになる。

キレがある：はっきりとアルコール分を感じることができ、そのほかの風味をあまり感じない状態。

コクがある：味に深みがある。複雑な風味を感じる状態。「すっきり」の逆に近いのではと考えられる。

まろやか：アルコール分を強くは感じず、ほかの風味も併せて感じることができる状態。「キレがある」の逆と考えられる。

すっきり：雑味がなく爽快感のある状態。

さて、僕の実験で3時間超音波を処理したCへのコメントを確認すると、「コクがある」「まろやか」という意見が寄せられていた。このコメントと今回の実験結果にはどういう関係があるのだろうか。

まず、コクとは何であろうか。コクについて科学的に検証した、伏木亨著『コクと旨味の秘密』（新潮社）によると、コクとは時間的・空間的な味の広がりだという。まず、時間的な味の広がりとは、「時間差によってもたらされる味の変化」で、空間的な味の広がりとは「舌や鼻孔など味を知覚する部位の異なり」であるという。例えば舌は、苦みを感じる部分と甘みや辛みを感じる部分が違う。複雑な味の飲食物が舌の上を通過した時、時間差をもって、それぞれの部分で味を認識し、これらの要素が幅を持つことで、味が複雑化し、それを脳が「コクがある」というように解釈するというのだ。

この「コク」についての考えを目にした時、僕が思い浮かべたのがカレーだ。かつて僕はカレー、特にインドカレーというスパイスを重視するタイプの

検索ワード	ヒット数（件）
お酒　＋　キレ	約 43,900,000
お酒　＋　コク	約 39,900,000
お酒　＋　すっきり	約 26,300,000
お酒　＋　まろやか	約 13,100,000
お酒　＋　のどごし	約 1,220,000
お酒　＋　舌ざわり	約 476,000

表8－3　お酒の美味しさに関するキーワードの検索結果

ヒット件数が多いほど、お酒の表現として使われていて、重視されていると考えた。

ものにハマっていた。東京・神田で食べたインドカレーの味が忘れられず、自分で再現しようといろいろ作って食べていた。「スパイスと水」だけで作ると言ってもよい潔さが当時の僕に響いたようだ。しかし、どう作っても、調べたレシピに忠実に従っても、神田の店の味には程遠く、味の薄いカレーしか作れない。そしてさんざん失敗作を食べた後、ある忙しい日の夕食時に、嫁と１袋１００円ほどのレトルトのカレーを食べた時、あまりの美味しさにショックを受けた。自分は何をやっていたんだと涙が出そうになった。この時のレトルトカレーの、たぶんダシやらグルタミン酸やらラードやら調味料をふんだんに使って、小麦粉でとろみをつけた複雑な味が、「スパイスと水」という僕の失敗作カレーにはない「コク」を持っていたのだろうと思われる。

　では、３時間の超音波処理をした泡盛には、何が起こっていたのか。おそらく、水分子およびエタノール分子の単体のほかに、水分子とエタノール分子のクラスターが発生し、新たな味の源が現れることになる。さらにクラスター分子とは、エタノール分子を水分子が包み込んだり、その逆のような形もありうると推測されている（図８-２を改めて見ていただきたい）。これらが舌に触れた時に、知覚の時間差を生むのではないだろうか。「まろやか」になったというのも、エタノール分子と水分子が結合した（クラスター化した）状態のものを知覚した時の表現であるかもしれない。

ただ、一つ忘れてはならないのは、どんな酒が好きなのかは、本人の好み次第であるということだ。いろいろな酒飲みの教授たちを見てきたが、好きな酒の味は千差万別。辛口の日本酒、甘いワイン、ビールもドライしか飲まない人もいる。表8‐3に示した検索結果も、相対する「キレ」と「まろやか」、そして「コク」と「すっきり」という概念が、お酒を語るうえでそれぞれ用いられるように、人それぞれに感じ方が違う。美味しい泡盛を作るという実験をしてきたが、きっと超音波をかけない方が好きだという人もいるに違いない。今回の実験は「美味しさ」の科学的な定義の難しさを改めて教えてくれた。

コラム8

体に悪いものほど美味しいという法則

ある時、友人と夜中にこってりとしたラーメンをすすりながら、こんな会話をしていた。

「背脂タップリのラーメンって、なんでこんなにうまいんだろうね。油の味って最高だよな」

「そうだなぁ。でも、悲しいことに美味しいものって、ことごとく体に悪くない?」

それからその友人と、唐揚げや餃子など、好みの食べものを挙げていき、それらがほとんど肥満や循環器系の疾患の要因になることに思い当たり悲しくなった。

「体に悪いものほど美味しい」というのは、「太陽の周りを地球が回っている」というのと同じぐらい真理なのではないかと思う。

しかし、先の会話は、実は間違いであることを、本文中でも引用した『コクと旨味の秘密』（伏木亨／新潮社）を読んで僕は知った。

まず、油自体に味はない。試しにサラダオイルをスプーンにすくって舐めてみたら（お勧めはできない行為だが）、味はないことに気がつくだろう。油と別の味が合わさることで複雑化し、美味しく感じられるのだ。

また、美味しいものが体に悪いというのは、本来は逆で、体にいいものほど美味しく感じられるようになっているはずらしい。どういうことかというと、僕たちの体を作る材料やエネルギーを、僕たちは食べもので得ているわけだが（あなたが光合成をしてエネルギーを得ているならば別です）、生命の維持に必要なエネルギーや細胞などの素材、そして遺伝物質ＤＮＡの材料は、脂質、糖質、タンパク質などにほかならず、これらを多く含む食品はステーキやラーメンやアイスクリームであったりするわけだ。具体的な例を挙げるとすると、細胞の骨格や、生命活動に必要な酵素を作るタンパク質は、アミノ酸が結合して作られているが、このアミノ酸自体がそもそも旨味を感じられるようにできている。アミノ酸の一つにグルタミン酸があるが、これは「味の素」に代表される旨味調味料の原料そのものだ。脂っこい、甘いものが体に悪いというのは、摂り過ぎる場合なのである。

　では、どうして「美味しく」感じられるのだろう？　それは僕たちの体が必要とするものを、「美味しいもの」「もっと摂れよ」と脳が感じるようにインプットされているからだ。逆に言えば、人類が脂質、糖質、タンパク質などに貪欲なる興味を持たずに進化していたとしたら、とっくの昔に絶滅していたかもしれない。

　話は少しわき道に逸れるが、僕は以前、「利己的遺伝子」というものに関しての小説を書いた。利己的遺伝子とは、より自分（そして自分と似た遺伝子を持つ集団）に近い遺伝子の生存を優先させようとする本能のようなもので、子孫を残すチャンスが多い方へと行動する本能が、遺伝子に刻み込まれているという考え方のことだ。どうして美男、美女が結婚相手に求められるかというと、利己的遺伝子の働きのためで、自分の「将来」の子孫が結婚相手に困らないように、現在の配偶者のスペックを高めておこうという、遺伝子に書かれた本能であると、利己的遺伝子の考え方を当てはめれば解釈することができる。食べものの話から飛躍してしまったが、すなわち僕たちの欲求・欲望は、たいてい生存本能からくるものであり、その衝動は容易に抗うことはできず、そういうわけで夜中に背脂タップリのラーメンを食べてしまうのはしかたがないことなのだ。

話を実験――泡盛などのお酒に向けてみよう。どうして人は酒を好むか？　アルコールは脳（特に大脳）を酔わせて、神経全体の抑制を緩め、心身ともにリラックスできる効果がある。そしてそのリラックス効果を脳はしっかりと覚えていて、「またいい気持ちになりたいなぁ」と思うことで、再び酒を飲みたくなるという仕組みであろう。しかし、ちょっと冷静に考えていただきたいのだが、そもそもアルコール自体は美味しいものなのだろうか？　お酒のアルコールの主成分のエタノールの純粋なものは、風味も何もなく、ただ灼熱感のある有機化合物である。そして、例えばビール。ビールの成分を考えてみれば、あれは言ってしまえば麦の苦い汁である。日本酒だってそうで、米のとぎ汁だ（ちょっと暴論）。それがなぜ美味しいと思うかというと、麦だって米だって、そしてエタノールだって、立派な栄養だからなのかもしれない（ＤＮＡの原料を多く含みます。もとは米も麦も〝種〟ですからね）。そして脳を酔わせる効果と相まって、僕たちの体は「よし来た！」と思って喜んでしまうために、酒は美味しく感じられるのだろう。そういうわけで、今、

僕がこよなく愛する地元のラーメン。脂たっぷりのラーメンが恋しくなる理由は科学的に（？）説明がついた気がするが、どうして夜中に食べたくなるのかは謎のままだ。

体に悪いと言われる食品は、本当は体が求めている、体にイイ食品なのである。そう考えると、ますます美味しく、愛おしく感じられて、一石二鳥じゃありませんか。

ここまで書いた原稿を、もし嫁（管理栄養士の資格を持っている）に見せたら、僕はきっとただでは済まないだろう。最後にしっかりと書いておこう。よいものも、摂り過ぎると、よくありません。自分の体を撫でて、「おお、そうか、お前も欲しがっているなぁ。でもなぁ……」と話しかけながら、ラーメンのスープを適度にすすろうと思います。

第9章

タクアン製造マシン

TAKUAN DREAM

僕はpanpanyaさんという漫画家の作品が大好きである。この方の漫画の喩えとして、「寝入りばなに見る夢のような作品たち」という説明が本の帯に書かれていたりするが、まさにそんな感じで、現実と非現実の中間的な雰囲気があって実に楽しい。

『蟹に誘われて』（白泉社）という一冊の中に、「TAKUAN DREAM」というお話がある。主人公の女の子が、正体不明のプラモデルを半額で買わされて、組み立ててみるとタクアン製造マシンだったというものである（図9‐1）。

panpanyaさんの漫画は、たいていこんな調子で、「そんなものあるかいな」「いや、あるかもね」の中間あたりをフラフラしたモノがいっぱい出てくる。ほかにもココナッツジュースで発電する話や、自動で宿題をやってくれるマシンなどが登場する。これらの作品を見ていると、panpanyaさんは理系出身なのかな？と推測してしまう。ご本人の経歴など何から何まで不明なので、結局のところわからない。作者が理系か文系かなどは、まぁ、どうでもいいことでもある。私が気になるのは、このタクアン製造マシンをどのように思いついたのかについてである。

A　なんだか面白そうなのでタクアン製造マシンを登場させた
B　実際タクアン製造マシンが作れると思ったうえで登場させた

図9－1　panpanyaさんのタクアン製造マシン
©panpanya『蟹に誘われて』(白泉社)

このように、panpanyaさんはAかBのどちらかの経緯で作品を描かれたと思う。ようは、「仕組みまで考えられたものなのかどうか」ということだ。繰り返しになるが、panpanyaさんがどう考えたのか、わかる術はないし不明である。

そういうわけで、panpanyaさんの大ファンの一人として、私が勝手にBの場合について真面目に検証してみたいと思う。タクアン製造マシンは実現するのであろうか？

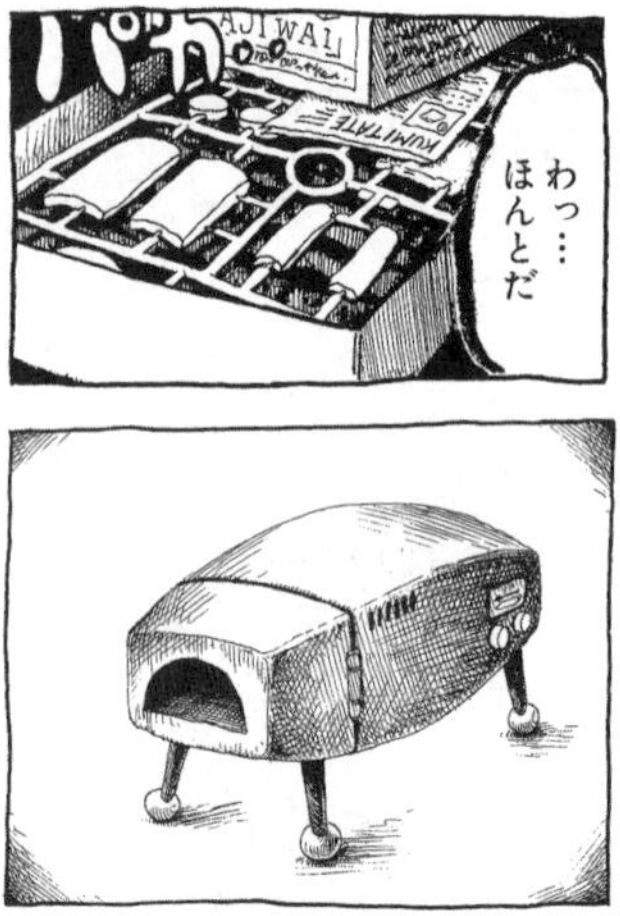

図9－2　panpanyaさんのタクアン製造マシン完成図

箱を開けると中はプラモデルのよう（上）、完成すると４つ足のシンプルな形に（下）。

©panpanya『蟹に誘われて』（白泉社）

作品をよく見直してみる

　タクアン製造マシンの実現可能性について考えるために、まず「TAKUAN DREAM」という作品をよく見直してみよう。

　主人公の女の子が知人から購入したプラモデルの箱を開けた時のコマをよく見ると、電子部品の類いは一切入っていないようである（図９‐２上）。通常、プラモデルに電子的な部品が含まれる場合は、ビニールの袋などで別に梱包されているものだ。

　しかし、完成したタクアン製造マシンの側面には、放熱用と思われる穴が開いている（図９‐２下）。私はこの点から、タクアン製造マシンは乾電池を電源とした電子部品を有する装置であると推測した。さすがに電気を使っていなければ、図９‐１にあるように、装置に挿入されたダイコンが内部に入ってはいかないだろう。

装置内部では何が行われているのであろうか？

図9-1の2コマ目で「ぐわわ・・」と音がして、3コマ目でタクアンが「べーっ」と出てくる。2コマ目と4コマ目で主人公の女の子の服装が変わっていないことから、おそらく同じ日であろう。ん？　漬物ってそんなに早くできたっけ？

僕たちはどれくらい漬物について知っているか？

例えば直近の1週間の中で、あなたはいくつの漬物を食べただろうか？　スーパーマーケットなどで買い物をする時、しばらく漬物というものを手に取ったことがない、という方も多いだろう。『漬物学』（前田安彦／幸書房）の記載では、平成3年からの統計データになるが、ぬか漬けを中心として生産量は減少の一途をたどっているようだ。

だが一方で、日頃、私たちは気がつかないうちに漬物を食べていたりする。牛丼に添えられた紅ショウガ、カレーに添えられた福神漬けなどは立派な漬物だ。フライものと抜群の相性のタルタルソースには、キュウリのピクルスが含まれている。そう考えると、いまだ僕たちの食卓から漬物は絶滅していないし、今後もしばらくはしないだろう。先に触れた牛丼、カレー、フライものと同時に漬物がよく食されていることからもわかるように、漬物には消化を助け、食欲を増進させる働きがあるという。

そんな漬物たちが、どのように作られているのかを、僕たちはわかっているようで、よくわかっていないと思う。なんとなく塩やぬかに漬けておけば、いつの間にか出来上がるものだというイメージしかない。少なくとも僕はそうだった。

前出の『漬物学』という学術書は、３７１ページもあり、定価が６０００円（税抜）もする、料理をする奥様がちょっと漬物をつけてみようとして購入するタイプの本ではない。その分、細かい理屈がしっかり書かれている。本書によると、「漬かる」という現象は、食品の細胞の膜構造が「浸透圧の変化」によって壊れて、食塩などが細胞内に侵入する状態のことをさすという。細胞膜の破壊が３～４割の場合は浅漬け、７割以上が破壊された状態をよく漬かった状態と区別している。

なるほど、漬物とは塩分を素材に加えることで浸透圧の差が生まれ、細胞膜の破壊が起こった状態の食品だということはわかった。では、どのように作ったら、漬物と呼んでよいのだろうか？　タクアン製造マシンを作るうえで、「これを満たせば漬物、しからずんば否」という定義を明らかにすることは重要だ。

国が定める漬物

「漬物とはかくあるべし」という文章は、国がしっかりと定めている。農林水産省の「農産物漬物の日本農林規格」（農林水産省告示第三一一九号、平成25年最終改正）を読んでみよう。

〈農産物（山菜、きのこ及び樹木の花、葉等を含む。以下同じ。）を塩漬け（塩漬けの前後に行う砂糖類漬けを含む。）し、干し、若しくは湯煮したもの若しくはこれらの処理をしないもの又はこれに水産物（魚介類及び海藻類をいう。以下同じ。）を脱塩、浸漬（せき）、塩漬け等の処理をしたもの若しくはしないものを加えたもの（水産物の使用量が農産物の使用量より少ないものに限る。）を塩、しょうゆ、アミノ酸液（大豆等の植物性たん白質を酸により処理したものをいう。以下同じ。）、食酢、梅酢、ぬか類（米ぬか、ふすま、あわぬか等をいう。以下同じ。）、酒かす（みりんかすを含む。以下同じ。）、みそ、こうじ若しくは赤とうがらし粉を用いたものに漬けたもの（漬けることにより乳酸発酵又は

熟成しないものを含む。〉又はこれを干したものをいう。〉

「漬物」について国が語ると、このような文章になってしまうのである。しかし、僕の手元にはこの文章しかない。注意深く、根気強く読み解き、間に差し込まれた枝葉を取り除き、「又は」「若しくは」という言葉を拡大解釈して、こちらの都合のよいように判断していくと、次のように解釈できるだろう。

「農産物を何かに漬けたものは漬物と定義される」

勝手な解釈と言われても気にしない！　定義がこれであるならば、panpanyaさんのタクアン製造マシンは作れるような気がしてきた。

タクアンの定義を調べてひっくり返る

漬物の定義はわかった。では、タクアンの定義は何か。そもそも、タクアンがどうやって作られているのか。わかりやすいレシピが掲載された料理本『藤巻あつこの塩分ひかえめ！おいしい漬けもの１００』（主婦と生活社）によると、おおむね次の通りであった。

①ダイコンを干す（おっと、いきなり時間がかかる工程があるぞ）。
②ダイコン葉を切る。葉は取っておく。
③ダイコンをまな板の上でゴロゴロと押し、柔らかくする。
④ぬか、塩、赤ざらめ（砂糖）を混ぜ合わせる。
⑤消毒した容器の底に、④を入れる。そして③のダイコンを入れる。
⑥ダイコンを入れ終わったら、姿が見えなくなるくらいさらにぬかをかぶせ、唐辛子を入れる。
⑦⑥を2段、3段と重ねていき、最後に②で切り落としたダイコンの葉で覆う。
⑧蓋をして冷暗所に置く。約1か月半で食べられる。

最後の⑧のところで僕はため息をついた。タクアンができるまでには月単位の相当な時間がかかるのだ。そして「ぬか」を使っている。どうやらここが「タクアン」を決定づけているポイントのようだ。また、JAS規格（日本農林規格）、すなわち製品として売り出す場合に求められる条件があって、これによるとタクアンは「ぬか漬け」に分類されている。すなわち「ぬか」が工程内に用いられていないものは「タクアン」を名乗れないことになる。

ここまで調べた僕は、「ぬかなんて漫画の中にあったっけ？」と取り乱しつつ、panpanyaさんの漫画を改めて読んだ。図9-1に示した漫画の、たった5つのコマでタクアンができる描写、これはいったいどういうことか。2コマ目と3コマ目の間には実は1か月半のタイムラグがあって、この間にダイコンは「ぬか」に漬かっていたのか？　2コマ目と4コマ目で、たまたま女の子は同じ洋服を着ていたということなのか？

行き詰まった。僕は学術書『漬物学』をそっと閉じて、天を仰いだ。漬物の神様にお願いをしなくてはならないと思った。『ピクルスと漬け物の歴史』（ジャン・デイヴィソン著　甲斐理恵子訳／原書房）によると、リトアニアにロガシスという漬物の神様がいるという。ちょっとリトアニアは遠い。タクアンの神様はいないが、スーパーマーケットに行けばタクアンが売っている。藁にもすがる思いで、スーパーマーケットに行ってみたところ、「つけもと」（つけもと株式会社）という粉末のタクアン漬けの素が売っていた。そばに目をやると、ダイコンもある。ようし、まずは本来の作り方でタクアン漬けを作ってみるか。

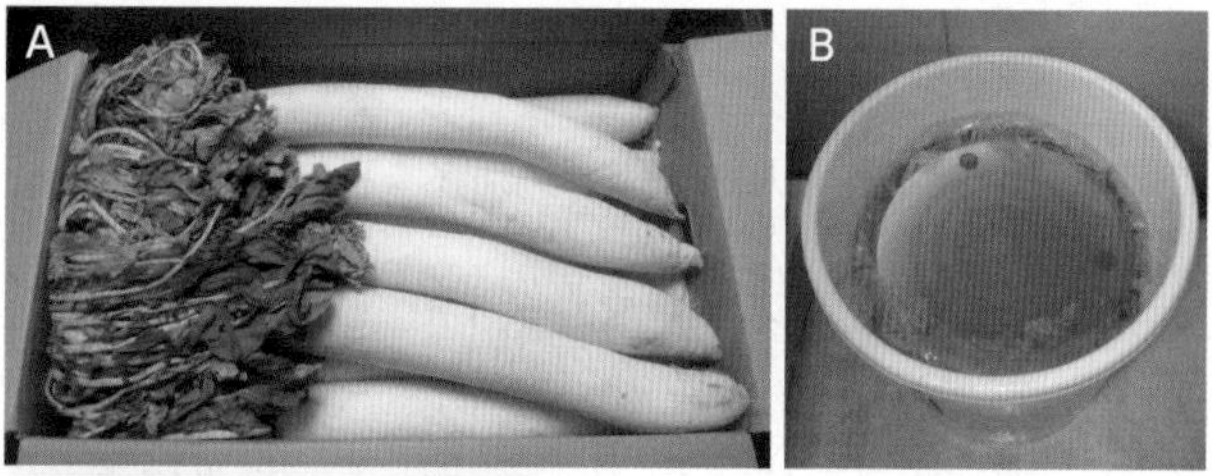

図9－3　実際にタクアンを作る
A：乾燥ダイコン10kg。家族３人で食べても１年以上かかりそうな量。
B：仕込んで１週間後、水が浮いてきた。
C：できたタクアンは鮮やかな黄色に。

洗面ルームがタクアン工場に

作り方は前出の『藤巻あつこの塩分ひかえめ！おいしい漬けもの１００』に従った。嫁にお願いをして乾燥ダイコンを10kg用意してもらう。そして藤巻あつこ先生の指示通り、ぬかとダイコンをプラスチック製の樽に詰めていく。今まで気がつかなかったが、ホームセンターというところは日曜大工用具やＬＥＤ電球のほかに漬物用の樽も売っているのである。調味料としてはスーパーマーケットで出会った「つけもと」を使うことにした。この調味料を改めて説明すれば、クエン産やウコン色素が含まれた乾燥粉末状の製品で、タクアン作りの場合、これに一定量の砂糖と塩とぬかを混ぜ合わせれば美味しく出来上がるという。
ダイコンとぬかと調味料を混ぜ合わせ、樽に詰めて1か月半待つ。この間、樽から匂いが沁み出したり、3歳の娘が毎日のように蓋を開けたりするので、洗面ルームは漬物の匂いが常に立ち込めている状態になった。朝、洗面台の前に立ち、寝ぼけ眼《まなこ》のまま顔を洗って歯磨きをしていると、アクの強い漬物独特の匂いで一気に目が覚める。爽快な目覚めというより、ダイコンで頬を叩かれるような目覚めだ。時折、ダイコンから出てくる水を抜かなくてはならないために、完全に密封して倉庫に放り込んでおくわけにもいかない。図9－3に僕の家でのタクアン作りの様子を示す。

実際、10kgの乾燥ダイコンから出来上がるのは、ほぼ同じ量のタクアンだ。3歳児を含む家族3人で食べようとすると1年分くらいになるかもしれない。

実際作ってみて感じたことは、やはりタクアンをタクアンたらしめているのは、ぬかと時間が寄与しているということだ。ぬかと調味液に含まれる塩や砂糖の成分がダイコンから水を絞り出す。そして調味液やぬかの風味をダイコンに染み込ませる。そのためには時間がかかるわけだ。

一方で、どんなタクアンのレシピを見てみても、その分量は膨大だ。タクアンを作ろうと思ったら、大きな樽に何本ものダイコンを漬ける以外に方法はなく、ダイコン1本、究極的にはひと切れだけのタクアンを作る方法などは存在しない。そういう意味で、ダイコン1本をタクアンにしてしまうpanpanyaさんの装置は画期的なのである。

「ぬか」が存在しない世界のタクアン製造マシン

僕は本来のスタート地点に戻ってみることにした。panpanyaさんのタクアン製造マシンを再現することが本来の目的だったはずだ。ならば、忠実に、漫画に登場したマシンを再現するのみだ。漫画の描写の中に「ぬか」が登場しなかったら、漫画の世界では「ぬか」を使わないのが正しいタクアンの作り方なのだ。

記憶がおぼろげで申し訳ないのだが、村上春樹さんについてのエピソードだったか、とある読者が村上春樹さんの作品内の車についての描写についての誤りを指摘した。それに対して村上春樹さんは、「そういうふうに車を扱う世界についての物語なのです」というようなことを答えた。panpanyaさんのタクアン製造マシンも、できる限り学術書を参考にしつつも、同じような姿勢でいきたいと思う。

マシンに必須の三つの機能

ここからは空想ではなく、現実的な話になっていく。使えるものはプラスチックと金属。そしてエネルギー源として電気はオッケー。ただしタクアンはその日のうちに仕上がらなくてはならない。自動で。さて、タクアン製造マシンは、どういう内部機構を持っているべきか。

a　生のダイコンを切る工程
b　何かしら加工がされている
c　タクアンらしきものが自動で出てくる

という三つの機能は必要であると思われる。実際に装置を作る際には、aの工程が最も難しい。図9－1に示した漫画では、装置の大きさ（長さ）はダイコンと同じように見える。装置の内部に刃物を仕込んでおいて、ダイコンをカットするのはサイズ的に難しいだろう。おそらく金属製の細い糸のようなものでダイコンを切断していると思われる。

続いてｂの工程では、生のダイコンをタクアンに加工するのだが、これはおそらく熱を用いていると思われる。加熱によってダイコンの水分を飛ばして、タクアンの調味液を加え、漬物に加工しているはずだ。ヒントはやはり図９-２下の放熱用と思われる装置側面の穴である。この穴の存在から熱を加える機構があると断定した。そうすると気になるのが図９-１のコマである。湯気が出ていないのだ。それはこのように解釈することにした。加熱はするが沸騰はしていないと。すなわち温度は１００℃以下となるような加熱を行っているのだ。

どうして加熱させることでタクアンができると考えたか？　この方法は、ひょんなところで見つけた情報に基づいている。

僕は研究で複数の顕微鏡を使っていて、そのうちの一台がオリンパスというメーカーのものだ。オリンパスでは「自然科学観察コンクール」という、全国の小・中学生を対象とした理科自由研究コンクールを企画している。僕も仕事上、理科系教育にとても興味を持っていて、オリンパスの取り組みは素晴らしいと常々感じていた。そのコンクールの入賞作品の中に、「冷めるとき味がしみこむのはなぜか？」というテーマがあった。

そのテーマの研究の成果を僕なりにまとめると、「食材を加熱することで食材の水分が抜け、冷却時に味が染み込む。冷却中の50～40℃ぐらいで調味料が食材へよく移動する」ということである。このテーマの素晴らしいところは、重量変化だけではなく顕微鏡画像の結果も示されて、科学的に考察されている点にある。まぁ、顕微鏡メーカーであるオリンパスのコンクールだから、顕微鏡が出てきたのだろうけれど。ぜひ、この成果を参考にさせていただこう。

実際のタクアンの製造では加熱はしないのだろうか？　答えは「する」だ。ただし目的が違う。前出の『漬物学』によると、工業生産されたタクアンは、ぬか漬けの工程の後、調味液に漬ける過程があり、そののち殺菌のための加熱を行っている。目的は「食品加工」と「殺菌」で異なるのだが、ここは都合よく解釈して、タクアンを作るために加熱してもよいと考えることにしよう。

最後のcは、出来上がったタクアンを装置の外に吐き出す仕組みである。これはたぶん、ベルトコンベアのようなものでタクアンを押し出しているものと推測される。図9-1の3コマ目の「べーっ」という音がその証拠で、シリンジのようなもので押し出した場合はそのような音はしないからだ。

以上のような考察から、panpanyaさんのタクアン製造マシンの内部機構のイメージは図

9-4のようなものと考えられる。

いざ、イメージ図を描いてみると、作りたくなってきた。じゃあ、作ってみよう！

ダイコンを切るところからつまずく

内部構造のイメージ図を描いたところで、「なんだか作れる気がしてきたぞ」と思ったのは、実に浅はかだった。一番初めから壁にぶつかってしまった。ピアノ線をダイコンにグイグイ押しつけても、一向に切れる気配がないのだ。

別の漫画の話で申し訳ないが、『名探偵コナン』（青山剛昌／小学館）では、鋼鉄製のピアノ線で首を切断するというショッキングな描写が登場する。首が切断できるなら、ダイコンも切れるだろうと安直に考えて、いろいろ購入して試してみたが、うまくいかない。『名探偵コナン』の漫画も読み始めると止まらない。結局、図9-4に示すような、ピアノ線で切断する機構は再現不可能であるという結論にたどり着いた。ピアノ線に力をかけてダイコンに押しつける機構を作るのが難しいのだ。すでに切断した大根を装置に入れて、タクアンにするという仕組みに方針転換しよう。

もととなる漫画からのヒント

・熱がこもらないようにするための放熱用の窓がある？

・ダイコンは挿入方向が決まっており、一方通行？

・スイッチで電源のオンオフを切り替えられる？

・メンテナンスのために中を確認できる構造になっている？

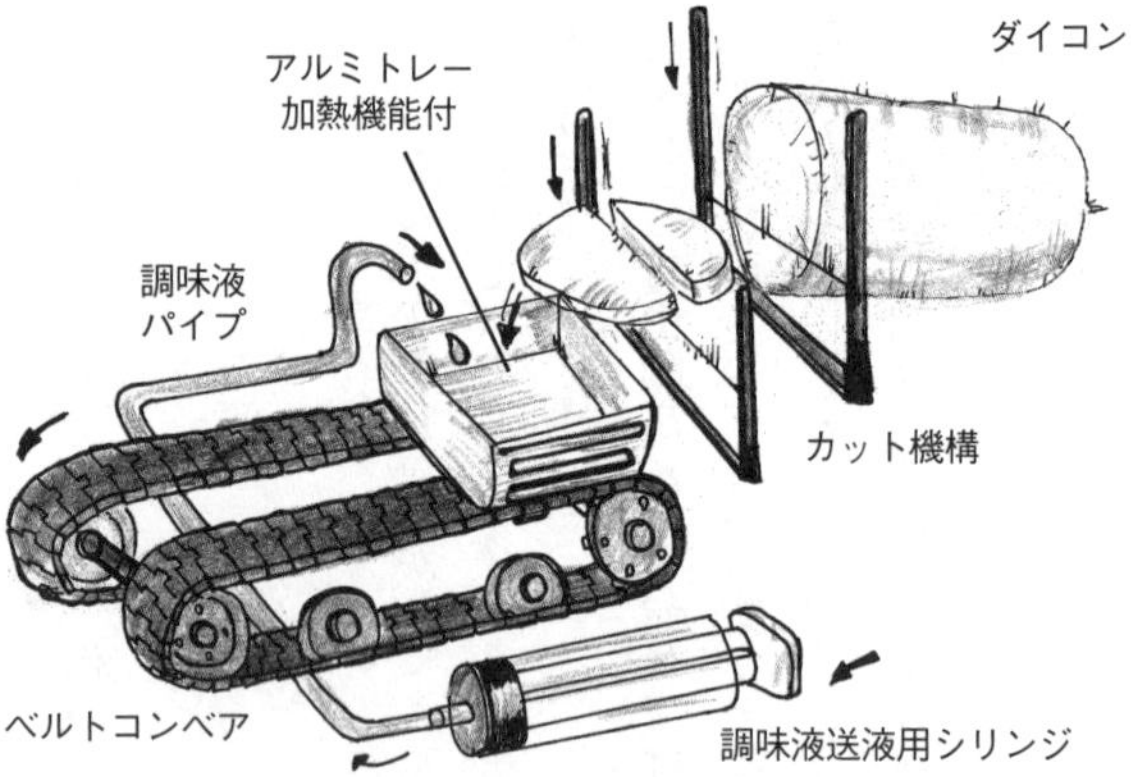

図9−4　タクアン製造マシンの内部構造のイメージ図

panpanya さんの漫画の描写をヒントにした。

　次にダイコンに調味液を加える機構について考える。調味液として、実際に試しにタクアンを作った時にも使用した「つけもと」を用いる。僕のタクアン製造マシンではこの粉末調味料を、説明書にある分量（つけもと０・０４３ｇ、砂糖０・７ｇ、塩０・０８６ｇ）で水10mlに溶かしたものを調味液とした。

　では、この調味液をどのようにダイコンに加えるか？　図９‐４の僕のイメージ図では、シリンジ（見慣れたものとしては注射器のことです）を押し出して、アルミ製のトレーに載ったダイコンに調味液を加える。調味液を注入したシリンジを、モーターの力で押し出す仕組みを図９‐５（左）に示す。

　この仕組みの中で、ギヤを使う点が工夫のしどころである。モーターの回転を、ギヤボックスを使って回転数を落として、代わりに力を強くする（トルクを高くする）ことで、ラック（のこぎりのような溝が入った棒）を押し出すのだ。このギヤの部分はタミヤの「シングルギヤボックス」を使用した（図９‐５右）。このギヤボックスは「パワー重視」か「速度重視」によってギヤの配列を選択できる優れもので、僕の場合、「パワー重視」である１４４・７：１というギヤ比を採用した。これはモーターが１４４・７回転するごとに、最終的には１回転に変換されることを意味している。このようにモーターの回転を落としていく過

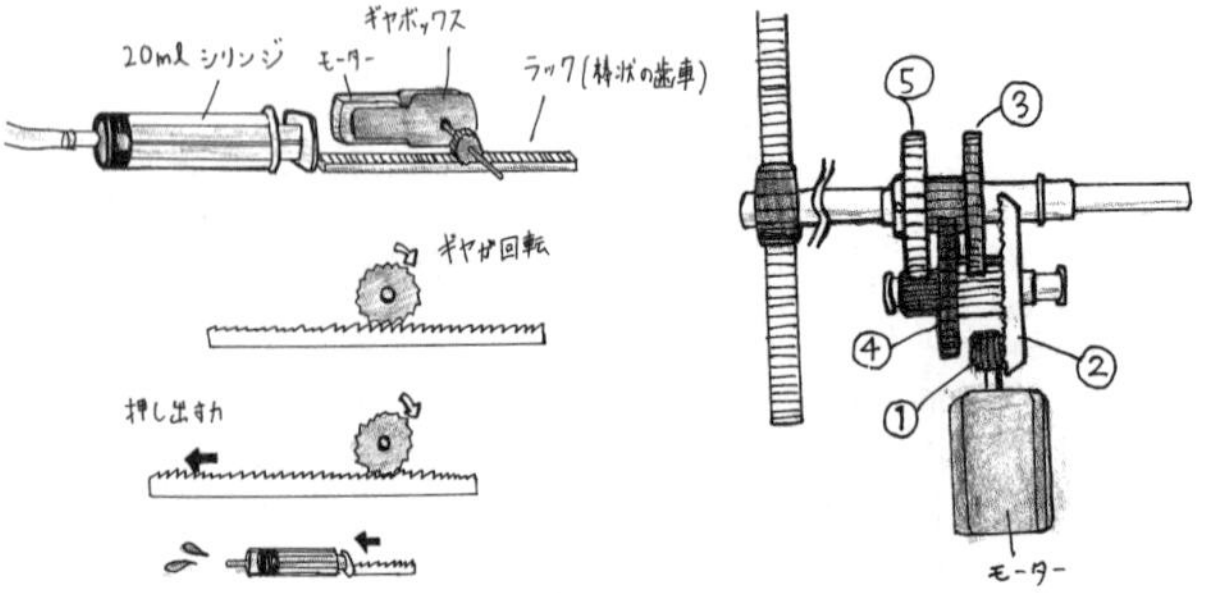

図9−5　調味液送液シリンジの仕組み（左）とギヤボックス内部（右）のイメージ

モーターが回転し、ギヤボックス内で速度をパワーに変換、ラックを押し出すことで、シリンジ内の調味液を押し出す。ギヤにはタミヤの「シングルギヤボックス」を使用した。モーターの回転を①のギヤにより②に伝え、③→④→⑤を経由して最終的には高いトルク（回転する力）を生み出す。

程で、最終的に強い力で回転させることができ、シリンジを押すことができるのだ（図9-5左）。

次に、調味液を加えた大根を加熱する機構を作る。

加熱には第5章でも登場した電熱加熱方式を用いることを初めに考えた。ただし第5章で僕が作った装置は180℃まで加熱するように設計されているので、これを100℃以下にするためには再設計が必須だ。そこで、仕事をしながら空き時間に計算しながら、うんうんと唸《うな》っていると、研究室に所属する女子学生から声をかけられた。

「ちょっとだけ温めるならばペルチェ素子がいいかもしれませんよ」

「ペルチェ素子って、CPUを冷やす時とかに使うあれ?」

その学生は頷いた。

ペルチェ素子とは、2種類の半導体の接合部に電流を流すと、片方の金属からもう片方へ熱が移動するという「ペルチェ効果」を利用したもので、素子の両面に温度差が発生する。低温側で吸熱、高温側で放熱が起こり、ペルチェ素子の低温側から高温側へと熱を押し上げる。すなわち、ヒートポンプの役目をする。面白いのが、電流の極性を変えるだけで移動する熱の方向を変えることができ、また与える電流の大きさを変えることで、移動する熱量の大きさを変えることができる。

「ペルチェ素子なら、ちょうどいい感じに温めることができるかもしれませんよ」

実際、電熱加熱方式を使うことに対して、工学部の人間として情けない話だが、ビビっていた。180℃でポップコーンを作った時の、あのカンカンに熱せられたニクロム線と、爆発音とともにポップコーンが出来上がった様子を思い出し、「ダイコンを温めるのにそんなにパワーはいらんのよなぁ」と思っていた。僕の計算が間違って、「ポップコーン実験」と同じようなパワーでダイコンを煮てしまったら、たぶんタクアンにはならず、ダイコン焼きになってしまう。ここは学生のアドバイスに従ってペルチェ素子を採用することにした。

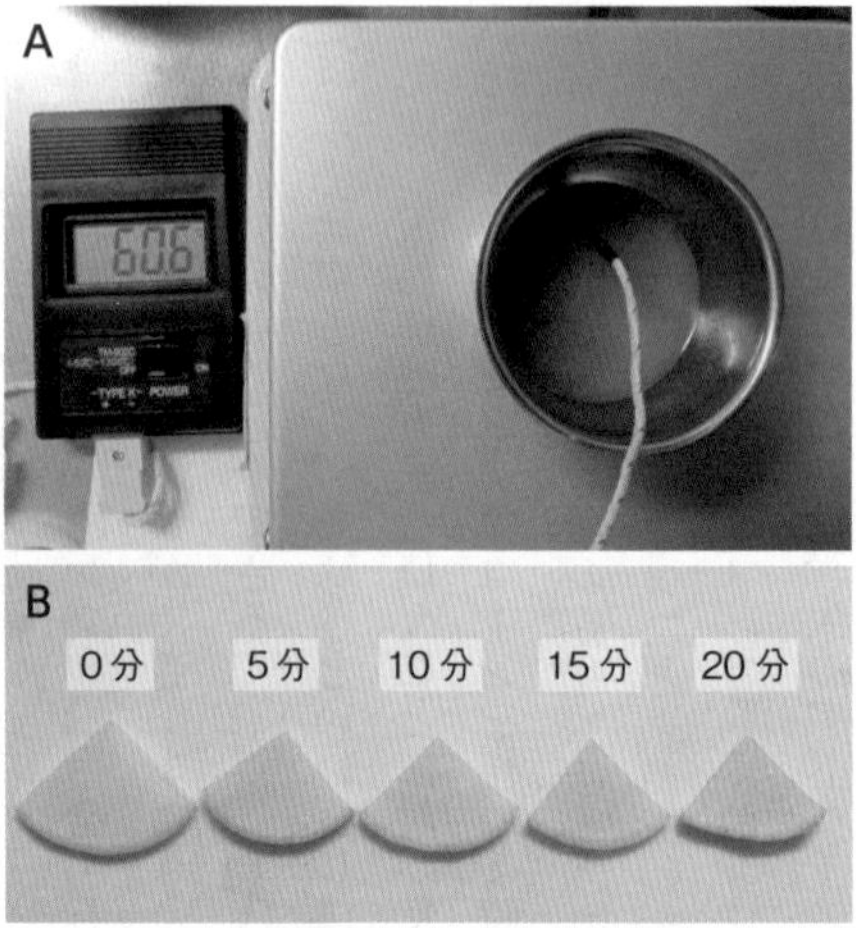

図9－6　調味液に漬けて60度で加熱したダイコン

A：調味液の温度は熱電対で測定した。
B：ダイコンは加熱時間が長くなるほど、色が濃くなり、20分で鮮やかな黄色になった。

ペルチェ素子で加熱することで大根に調味液を染み込ませる。もちろん、温度などは先に述べたオリンパスの「自然科学観察コンクール」の成果に基づく。すなわち50〜60℃に加熱してダイコンの細胞を壊し、冷却する過程で調味液を染み込ませる。問題は何分間の加熱を行えばタクアン全体に調味液が染み込むかということだ。

ダイコンの切れ端に調味液が行きわたるまでの時間についてピンポイントに調べた人はまずいない。これは実際に確かめなくてはならない。先に述べた「調味液」にダイコンの切れ端（10g）を浸して、60℃で5、10、15、20分間加熱した場合のダイコンの様子を調べてみた。図9‐6に写真を示す。

実際に試してみて、20分間、60℃で加熱すれば、タクアンらしい色に染まることがわかった。またダイコン自体も柔らかくなっていることを確認した。この結果から、20分間の加熱を行うことに決定した。

最後に、タクアンとなったダイコンを装置の外に押し出す機構が残っている。

これは図9‐4にある通り、ベルトコンベアを採用しよう。タミヤの「タンク工作基本セット」のパーツを流用し、タクアンを載せたアルミトレーを動かすのだ。

図9−7　組みあがったタクアン製造マシン

いざ試運転

「調味液を入れる」「加熱および冷却する」そして「ベルトコンベアでトレーを動かす」それぞれの部分が仕上がったところで、装置を組み上げて動作のテストをしてみた。それぞれの部分について乾電池に接続して動かしてみる（図9‐7）。ベルトコンベアの部分が、戦車のキャタピラのように見えるが、これはタ

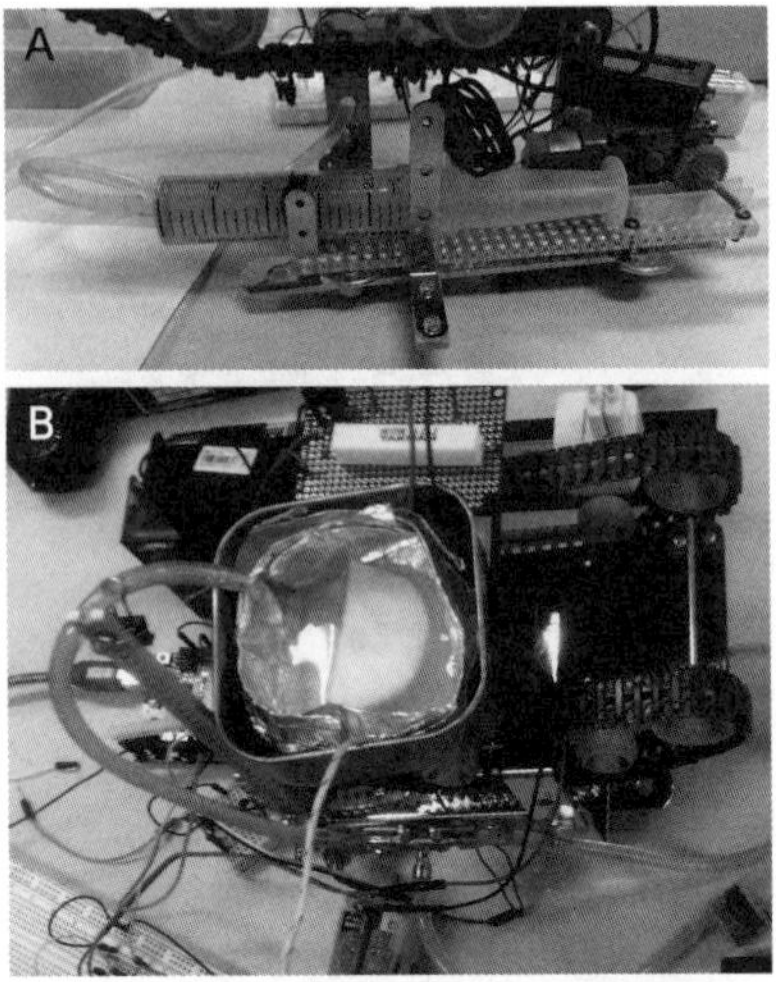

図9－8　調味液送液シリンジの試運転

A：調味液をシリンジから押し出すことに成功。
B：調味液は管をつたってダイコンが待つアルミトレーへ。

ミヤの「タンク工作基本セット」をそのまま流用したためである。あえて目をつぶって、心を清らかにし、ベルトコンベアだと思い込んで見ていただきたい。

まず、調味液を入れる機構「調味液送液用シリンジ」を動かすために、調味液を「シリンジ」に注入。その後に「シリンジ」に入れた調味液を、アルミトレーに押し出していく。ここで「シリンジに入れるくらいなら、そのままアルミトレーに入れてしまえ！」という悪魔の囁きが聞こえてくるが、無視する。それではマシンにする意味がない。

いよいよpanpanyaさんのタクアン製造マシンの始動である。シリンジに接続したモーターを回転させ、ギアが回り、無事にシリンジを押し出していき……調味液がトレーの中へ！

次に「加熱する機構」である。7・5Vの電圧をかけて、電熱部を加熱する。60℃で20分間加熱してダイコンに調味液を染み込ませていく。すでに切られたダイコンが入っているのは、温かく無視してほしい（図9‐8）。

最後に、ベルトコンベアでトレーを動かす機構を作動させて、タクアンとなったと信じたいダイコンを装置の外へ出す。「エイッ」といった感じで無理やりタクアンが放り出される（図9‐9）。調味液を入れていたアルミホイルごと放り出されているが、装置自体は無事に作動した。まぁ、「調味液を入れる機構」以外は、市販のパーツをそのまま組み上げただけなので、ちゃんと動かなければおかしい。問題は、ダイコンがタクアンらしくなったかどうかだ。図9‐1のpanpanyaさんの漫画で主人公は「めっちゃうまい」と言っていた。さて、再現した装置で作ったタクアンのお味は……。

図9−9　完成したタクアン（?）を排出する様子

アルミホイルとともに、タクアンが装置外へ放り出されている。

「めっちゃまずい」

見かけは黄色く、タクアンのような色合いをしている。しかし、風味は生のダイコンのままなのだ。僕は手元に残ったダイコンと、組み上げた装置を前にして、途方に暮れてしまった。

薄々わかっていました

いまさら白状すると、ダイコンがピアノ線で切断できなかったあたりで、「まぁ、タクアンなんて自動で作れないだろうなぁ」と弱気になっていた。でも最後まで、とにかく作ろうとしたのは、工学部の意地だからとか、やり遂げる信念……などではなく、ペルチェ素子やらギヤボックスなどのパーツを全部購入してしまっていたからである。そして何よりpanpanyaさんの作品への愛である。

僕は前向きに考えることにした。「TAKUAN DREAM」に登場するタクアンの味は、現実のタクアンの味とは少し違うものであると。図9 - 1の5コマ目で主人公が「めっちゃうまい」と言っている。僕は作ったものを「美味しいタクアン」だと思うことにした。考えようによっては、シャキシャキした食感は「我々の世界にはない」新しいタクアンの到達点だとも考えることができる。これがゴールなのである。

図9−10　マイクロコンピューターArduino

昨今のプログラミング教育にも取り入れられている。今後、子どもたちはArduinoで遊ぶ世の中になる？　それはとてもすごいことだ。

最後の仕上げ、自動化

タクアン製造マシンを作るという目的で始めたこの実験。最後の作業は自動化だ。図9-1に示す漫画にある、側面のスイッチを押せば、タクアンが出来上がるようにしたい。

この自動制御のためにArduinoと呼ばれるマイコン（マイクロコンピュータ。マシンの頭脳となる部品）を使うことにした（図9-10）。Arduinoとは、ワンボードマイコンの一種で、簡単な電子工作の制御用や、プログラミング教育の教材として最近よく使われている。その開発思想は、「もっとシンプルに、もっと安価に、技術者でない学生でもデジタルなものを作ることができるようにする」というものだ。素晴らしい考えだ。専門的でない僕たちでも、タクアン製造マシンの自動制御ができそうだ。

　僕にペルチェ素子を薦めてくれた学生に、「ちょっと一緒にタクアン製造マシンを動かしてみようよ」と声をかけたところ、面白がってくれて協力してくれた。わざわざ土日に協力してもらい、タクアン製造マシンを動かすためのプログラムを組んだ。この学生は高等専門学校を卒業後、僕の勤める大学に編入学した人で、もともと電気工学を学んでいた。彼女は僕の考えていた電気回路をさらさらと書き直してくれた。

「Arduinoは供給できる電流が小さいんです。ＬＥＤを点《つ》けるくらいはできても、モーターを回すほどの電流は出せないので、トランジスタを組み込みましょう。特にペルチェ素子の部分は２Ａは欲しいのでＦＥＴ（電界効果トランジスタ）にしましょう。ちょっとパーツ屋さんに行ってきます」と言って僕の部屋から出て言った。

「はぁ、よろしくお願いします……」。ぽつんと部屋に残された僕には、ダイコンを切るぐらいしか作業は残されていなかった。

　続いてArduinoのプログラムを組んでいく（図9‐11）。「調味液を入れる」「加熱および冷却する」そして「ベルトコンベアでトレーを動かす」それぞれのプログラムを組んで、試運転しながら修正する作業が続く。この作業にはブレッドボードというものが活躍した。電子回路というと基板に抵抗やらコンデンサやらをはんだ付けして作っていくイメージが僕にはあるのだが、テストの段階ではんだ付けなんかをやっていると、やり直しがきかない。そこで「はんだ付け」なしに電子回路を組むためのものが「ブレッドボード」だ。ボードの表面に開いた小さな穴にコードや抵抗やコンデンサなどの電子部品を差し込めば、「ブレッドボード」の中で通電させることができる。こうすると何度でもやり直しがきくのだ。

図9－11　Arduinoでタクアン製造マシンの制御にチャレンジ

「あっ、コンデンサの向きが逆だった」

というのが僕らにもたびたびあった。

そうしてテストを繰り返しつつ回路を決定していく。テストの過程でＦＥＴが異常に発熱し、「なんだかちょっと焦げ臭い！　ストップストップ！」ということもあった。２Ａって、けっこうな電流値だということく

図9−12　回路の動作テスト

サーモカメラで基板の温度をモニタリングしながらテスト。あらかじめ計算はして実験しているのだけれど、念のため。

らい僕にもわかる。

「ちょっと温度をモニターするよ……」。僕は電子回路の工作を学生に任せ、第3章で使ったサーモカメラを彼女の作った基板の方に向けて、異常な発熱がないかを確認することに専念した（図9-12）。

何度かの試行錯誤の末、決定した回路図を図9-13に、プログラムは図9-14（章末）に示す。プログラムの中で「１２０００００」という大きな数字が登場する。これはペルチェ素子で20分間加熱する時間を表している。１２０万ミリ秒。Arduinoの世界での時間の単位はミリ秒なのだ。僕はタクアンなんかを作るためにArduinoを使ったが、本当はもっと高度な制御ができてしまう優れものなのだと改めて実感する。

いよいよプログラムは仕上がった。電子部品を基板の上にはんだ付けによって固定していく。そして、学生と一緒に見守りながらArduinoのプログラムを起動させる。

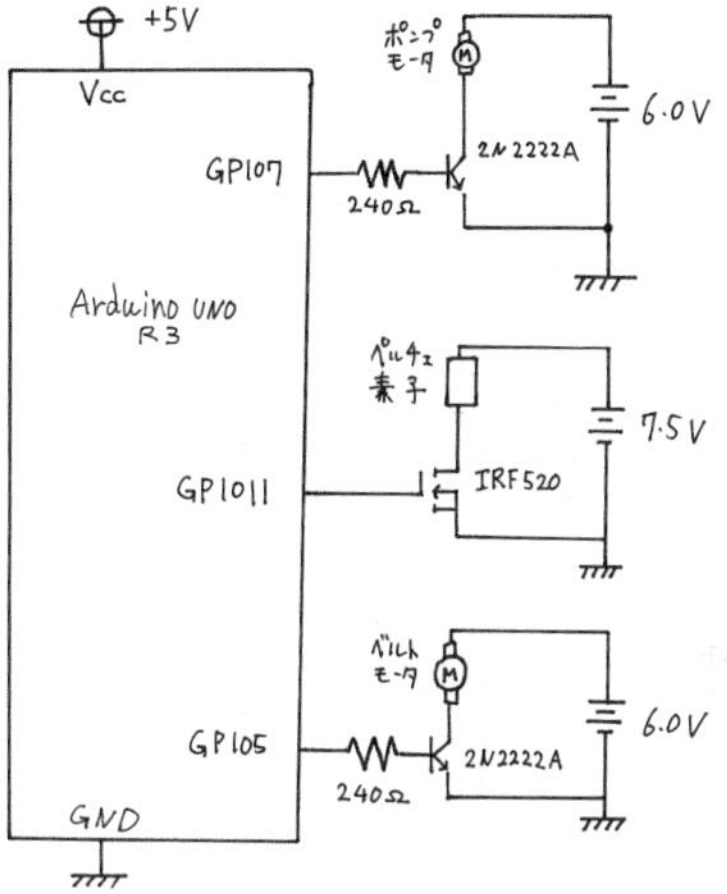

図9－13　タクアン製造マシンの回路図
単純な回路なのだが、ここに至るまでが大変だった。

ポンプ、加熱、そして最後に「ちゃぶ台返し」のように装置からぶちまけられるタクアン。

「動いた！」

おおーっとつい僕は声をあげてしまう。panpanyaさんの漫画から始まったタクアン製造マシンが完成した瞬間である。

部屋にはタクアンの匂いと、ついさっきまで行っていた作業のはんだ付けの匂いが漂っている。そのことを学生に言うと、

「はんだの匂いって興奮しますよね！」

僕も興奮している。それがはんだの匂いのせいなのか、どうなのか、ちょっと区別がつかないでいる。

漬物は奥深かった

漬物とは本来、手間ひまかけて作るものだ。『藤巻あつこの塩分ひかえめ！おいし

い漬けもの100』には次のような言葉がある。

〈ちょっとでも目を離すとたちまちごきげん斜めになる反面、手間ひまをかけて面倒をみてあげると、きっと期待に応えてくれます。生きもの相手のおもしろさとでもいうのでしょうか〉

僕がこの実験をする際に、藤巻さんの言葉は頭の片隅にあり続けた。けっしてこの言葉を無視したわけでも軽視したわけでもない。ファンタジーの世界を現実にしてみたらどうなるかということを試したものであることをここで述べておきたい。漬物に対するリスペクトは、この実験を行うことで、僕の中ではより強固なものになったのだ。

僕たちが暮らす世界での、完全なるタクアンはできなかった。しかし、ちょっとしたパーツと工作で、ファンタジーの世界の一部をテーブルの上に再現できた気がする。それと同時に、これまで先人たちが作り上げてきた漬物という食品の奥深さも学ぶことができたと思う。

```
void setup () {
  // put your setup code here, to run once:
  pinMode (7, OUTPUT) ;
  pinMode (9, OUTPUT) ;
  pinMode (11, OUTPUT) ;
  pinMode (5, OUTPUT) ;
}


void loop () {
  // put your main code here, to run repeatedly:


  digitalWrite (7, HIGH) ; //ポンプのモータON
  delay (2000) ;         //2秒駆動
  digitalWrite (7, LOW) ; //ポンプのモータOFF
  delay (1000) ;         //1秒停止


  digitalWrite (11, HIGH) ; //ペルチェ
  delay (1200000) ;
  digitalWrite (11, LOW) ;
  delay (1000) ;


  digitalWrite (5, HIGH) ; //モータ
  delay (4000) ;
  digitalWrite (5, LOW) ;
  While (1) {} ;
}
```

図9−14　Arduinoの「タクアン製造マシン」のプログラム

コラム9

漬物は絶滅するか？

タクアン製造マシンを作りながら、僕はずっと「漬物」って何なんだろうな、と考えていた。それは結局、『漬物学』に述べられた定義、「細胞が壊れ、食塩が細胞内に含まれる状態」ということで、落ち着いているのだけれど、それとは別の疑問が、ふつふつと湧いてきたりする。人の手で作られた「漬物」と、自動化によって作られる「漬物」の違いって、あるのかないのか、どちらなんだろうという疑問が、タクアン製造マシンの実験をしている時などに頭をよぎった。

手作りの「漬物」と、自動化によって作られる「漬物」は、たぶん見た目や味はとても近くて、味音痴の僕には違いなんてわからないのかもしれないけれど、きっとどこかは違うんだと思う。そして僕が恐ろしいことだと思うのは、年月が過ぎる中で、人の手で作られた「漬物」は間違いなく消滅する方向にあるのではないかということだ。ミネラルが豊富で、保存もでき、脂っこい食事に疲れた胃腸を休める食品として、漬物の食文化は残ると思うが、最終的には自動化によって工場で作られるようになるのではないかと。そしてやがて人類は二度と、自らの手で作られた本当の「漬物」が食べられなくなるんじゃないだろうか。ちょっと大げさだろうか。

『漬物学』は、手作りと自動化について、実に客観的に述べている。目標とする売上金額に応じて、採算が取れるラインを厳密に示し、手作り（安い初期投資）を取るべきか自動化（高い初期投資）を取るべきかが決まるように説明されている。これは事業を始める者にとって非常に参考になるのだが、この文脈だけを目にした時、採算だけでどちらを選択するかという点に恐怖の根源があるように思う。人の手で作るより、自動化した方が効率はもちろんよいし、衛生面でも優れているだろう。自動化は製品の質のムラもなく、生産者にとってはいいことずくめだと思われる。特に若い世代の生産者は、自動化という単語にそもそも親近感があり、それがスタンダードになっていくんじゃないかと、勝手な想像をしてしまう。

　では、手作りの漬物は今後どうなっていくのかというと、たぶんしばらくの間は残るとは思う。手作りを求める派は一定数いるだろうし、自分も（マシンを作っていながら）その一派だと思われる。前出の『漬物学』には、手作り生産の限界が明確に述べられていて、小規模生産の場合として、「道の駅」での販売のケースが紹介されている。その地域の人々が、その土地に根づく「漬物」ブランドを立ち上げて販売するケースで、根強いファンもいることだろう。僕も兵庫県のある地方に出かけた時は、その土地の「道の駅」に必ず立ち寄り、蕗《ふき》の煮つけを買うことにしている。しかし、蕗の煮つけを手にするたびに、僕は一抹の不安を覚えていたりする。次に来た時にこの商品はあるのだろうか、と。大規模生産の自動化による製品と比べて、こういう手作りの製品の立場はけっして強くない。やがては手作りの漬物は消滅する運命にあるのではないかと、そういうことを想像してしまうのだ。そしていったん別の形に置き換わってしまった「漬物」自体が、ふとした社会変革の波にのまれて、不可逆的に消滅してしまうのではないかと思うのだ。

　このような形で存在が失われた食品は、けっこうあるんじゃないだろうか。有名なところでは、古代のチーズとされる「蘇《そ》」は、ロマンもあって近年、再現が進んでいて、デパートの食品売り場などでは、高級な再現「蘇」が売られていたりする。

でも残念ながら、それが古代の本当の「蘇」であるかどうか、確かめる術はもうないのだ。

「蘇」を「漬物」の未来に喩えるのは馬鹿馬鹿しいことだろうし、手作りの「漬物」の基礎体力は今はそこまで落ちていない。手作りの漬物を残そうとする抵抗は、採算とかの観点ではなく、将来の子どもたちが体に良い漬物を食べることができるように、今からしなくてはならないのではないか。

そういうわけで、「タクアン製造マシン」を作り終えた僕は、それ以降も手作りの方法でタクアンを漬けている。ぬかに塩と砂糖を加え、そこに干したダイコンを漬けこんでいる。砂糖の恐るべき分量と（ダイコン10kgに1kg近い砂糖を加える）、数日後にぬかの上部に染み出してくる水分の多いこと多いこと！　実際、作ってみないと知りえないことばかりで、タクアンが、こうも劇的な変化を遂げる食品だと初めて理解した。毎日のようにぬかを眺めることで、ダイコンの変化にも気がつくし、食べものに対するありがたさもわかってきた気がする。作り始めて3か月後には食べられる。僕はたぶん、できたタクアンを、一度神棚に捧げて柏手を打つだろう。でもなんか、そういうのって、自然のことなんじゃないかなぁと思っている。

おわりに

結局、実験することで疑問点は解明できたのか？

解明できたものもあれば、新たな疑問が見つかったものもあります。

思い立ったが吉日、思いつくままに「食にまつわる疑問」について、ぶっつけ本番の実験を試みた本書、決して要領が良かったわけではありません。専門に取り組んでおられる先生から見れば、お叱りを受ける内容だったと思います。僕がいったいどういう心境で本書の実験に取り組んでいたかというと、小学校時代の自由研究の気分でした。

1か月以上の夏休み。僕はこの夏休みの自由研究が楽しみでしかたがありませんでした。

小学生の頃の6年間、6回分きっちり楽しませていただきました。そうして現在、41歳。もう二度と訪れることはない夏休みを謳歌した気持ちがします。何が言いたいのかというと、ふと不思議に思ったことを、気のすむまで調べてみるというのは、人生の中でもえがたい貴重な経験であり、それは社会人となったら、手に入れることがとても困難なものだと思うのです。その面白さを、1人でも多くのみなさんに届けることができたらと願って、本書をしたためました。

　高校生・中学生の学生さんにも読んでいただけるように、難解な説明をしないように気をつけて書きました。これからの世代のみなさんには、生きる中で「これってなぜなんだろう？」と疑問に思うことが見つかれば、ぜひ自分の力で調べてみてほしいと思います（本書のように数々のヘマをしながら）。その問題発見力と解決力が、今後の人生を豊かにすると信じています。

　本書を執筆するにあたり、多くの方に大変お世話になりました。職場の同僚、中島博士には美味しいコーヒー豆を提供いただき、本文にもコメントを入れていただきました。御礼申し上げます。またタクアン実験については、電気回路関係で多大なアドバイスを頂きました私の研究室の山口さん、久留米工業高等専門学校の屋並さん、そして実験に必要な物品についてご協力やアドバイスを頂きました梶原さん、谷末さん、服部さんに深く感謝いたします。

本書の執筆にあたり、たびたびの改稿の必要が生じましたが、根気強く一緒にお仕事をしていただいた光文社の河合健太郎さん、株式会社アップルシード・エージェンシーの栂《とが》井《い》理恵さんに厚く御礼を申し上げます。最後になりましたが、この本を手に取ってくださいました皆様に、心より御礼申し上げます。

２０２１年４月

松尾佑一

松尾佑一（まつおゆういち）

1979年、大阪府生まれ。大阪大学大学院工学研究科博士後期課程修了。博士（工学）。国立大学で研究教育職に従事。専門は放射線生物学、分子生物学。2009年に『鳩とクラウジウスの原理』で野性時代フロンティア文学賞を受賞し、デビュー。新書は本書が初めて。これまでに『生物学者山田博士の奇跡』『生物学者山田博士の聖域』（以上、角川文庫）、『彼女を愛した遺伝子』（新潮文庫nex）など、科学や科学者にまつわる題材をもとにした小説を数多く手がけている。

理系研究者《りけいけんきゅうしゃ》の「実験《じっけん》メシ」 科学《かがく》の力《ちから》で解決《かいけつ》！ 食《しょく》にまつわる疑問《ぎもん》

2021年5月30日初版1刷発行

著　者 ── 松尾佑一
発行者 ── 田邉浩司
装　幀 ── アラン・チャン
印刷所 ── 近代美術
製本所 ── ナショナル製本
発行所 ── 株式会社光文社
東京都文京区音羽1-16-6（〒112-8011）
https://www.kobunsha.com/
電　話 ── 編集部03(5395)8289 書籍販売部03(5395)8116
業務部03(5395)8125
メール ── sinsyo@kobunsha.com

R ＜日本複製権センター委託出版物＞
本書の無断複写複製（コピー）は著作権法上での例外を除き禁じられています。本書をコピーされる場合は、そのつど事前に、日本複製権センター（☎03-6809-1281、e-mail : jrrc_info@jrrc.or.jp）の許諾を得てください。

本書の電子化は私的使用に限り、著作権法上認められています。ただし代行業者等の第三者による電子データ化及び電子書籍化は、いかなる場合も認められておりません。

落丁本・乱丁本は業務部へご連絡くだされば、お取替えいたします。
© Yuichi Matsuo 2021 Printed in Japan

ISBN 978-4-334-04542-5

光文社新書

1101

Z世代

若者はなぜインスタ・TikTokにハマるのか?

原田曜平

「Z世代」は「ゆとり世代」と何が違うのか? 世代人口が少ないにもかかわらず、彼らの発信力・拡散力はなぜ巨大なのか?「スマホ第一世代」を若者研究の第一人者が徹底分析。

978-4-334-04507-4

1102

教養としての腕時計選び

篠田哲生

そこかしこで時刻を確認することができる時代、人は何のために腕時計を身につけるのか。成熟した大人の身だしなみ、あるいは「教養」としてとらえ直し、時計選びのセンスを高める。

978-4-334-04510-4

1103

知らないと恥をかく「性」の新常識

齋藤賢

#MeTooをはじめとした近年の様々なムーブメントの分析や、多彩なアクティビストへのインタビューなどを通じ、「性」をめぐるこの国の現在地を鮮やかに抉り出すルポ&批評。

978-4-334-04511-1

1104

警察官の出世と人事

古野まほろ

「階級」だけでは見えてこない、複雑な「警察官の出世と人事」の仕組みを、元警察官僚のミステリ作家が徹底解説。企業の人事担当者、出世が気になるビジネスパーソンも必読!

978-4-334-04512-8

1105

定年前、しなくていい5つのこと

「定年の常識」にダマされるな!

大江英樹

年金は破綻しない、地域デビューは危険、夫婦で旅行もいらない……人気経済コラムニストが「不安に駆られてしない方がいいこと」を、経験と豊富な取材に基づき、5つの分野で具体的に指南。

978-4-334-04513-5

光文社新書

1106

人類はふたたび月を目指す

春山純一

今、月を目指す国や民間企業が世界で続々と現れている。日本の月探査計画に携わり、「月の縦孔の発見」で世界的に知られる著者が、探査や発見をめぐるスリリングな舞台裏を綴る。

978-4-334-04514-2

1107

見るレッスン
映画史特別講義

蓮實重彦

サイレント、ドキュメンタリー、ヌーベル・バーグから現代まで１２０年を超える蓄積と向き合い、作品の最も優れた瞬間で刮目する方法を、シネフィル教授が初めて新書で指南。

978-4-334-04515-9

1108

コロナ対策 各国リーダーたちの通信簿

栗田路子　プラド夏樹
田口理穂　冨久岡ナヲ
片瀬ケイ
クローディアー真理
田中ティナ

世界が一様にパンデミックに包まれた中、各国首脳の言動には大きな違いが。そしてその違いはコロナ禍の行方も左右した。７人の海外在住ジャーナリストが綴るリーダーの素顔。

978-4-334-04516-6

1109

洋画家の美術史

ナカムラクニオ

あちこちの美術館や切手で見たことはあっても、実はよくは知らない「洋画」の世界。画家たちの波瀾万丈な一生を追いながら、作品と近代美術史の流れをわかりやすく解説する。

978-4-334-04517-3

1110

相続地獄
残った家族が困らない終活入門

森永卓郎

ある日突然ふりかかり、一歩間違えると泥沼にはまる相続問題。自身の経験をもとに、今日からできる森永流・生前整理術を伝授する新時代の「相続の教科書」。

978-4-334-04518-0

1111
がんを瞬時に破壊する 光免疫療法
身体にやさしい新治療が医療を変える

小林久隆

新しいがんの治療法が世界で注目を集めている。どのような治療法なのか？ 身体への負担や副作用は？ 転移・再発の可能性は？ アメリカ国立衛生研究所の日本人開発者が初めて綴る。

978-4-334-04519-7

1112
誤読のイタリア

ディエゴ・マルティーナ

イタリア文化を見つめる旅は、日本文化を再発見する旅だ。夏目漱石など日本文学を愛するイタリア人が、文化の「誤読」と「正読」についてユーモアを交えて綴った心温まるエッセイ。

978-4-334-04520-3

1113
平成・令和 学生たちの社会運動
SEALDs、民青、過激派、独自グループ

小林哲夫

2010年代、学生による社会運動はどのように繰り広げられたか？ かつての学生運動と何が違うのか？ SEALDsから過激派まで長期にわたる徹底取材による闘いの記録。

978-4-334-04521-0

1114
いつまでも親がいる
超長寿時代の新・親子論

島田裕巳

人生100年時代を迎え、私たちは「いつまでも親がいる社会」を生きるようになった。そこで新たに生じる親子関係の課題とは？「永遠のテーマ」を捉え直す、著者初の親子論！

978-4-334-04522-7

1115
死ぬまで噛んで食べる
誤嚥性肺炎を防ぐ12の鉄則

五島朋幸

誤嚥性肺炎の原因は唾液だった！ 大切なのは「歯と歯が噛み合うこと」。訪問歯科のカリスマが口腔ケアの正しい知識を解説。 口から食べることを諦めないことが、元気に繋がる！

978-4-334-04523-4

1116

日本のスポーツビジネスが世界に通用しない本当の理由

葦原一正

スポーツビジネスは特殊なビジネスではない。経営面でも海外で戦えるようになるために必要なものとは何か、スポーツに憑かれたB.LEAGUE創設の立役者が明かす熱きビジネス論。

978-4-334-04524-1

1117

大学教授、発達障害の子を育てる

岡嶋裕史

自閉スペクトラム症の息子と、自分もその傾向があった父親の日常生活奮闘記。職業柄、大量の文献を読み込み、医師、臨床心理士、役所、教師、そして世間とのズレに挑むが……。

978-4-334-04509-8

1118

渋沢栄一に学ぶ大転換期の乗り越え方

田口佳史

道徳なくして、ビジネスは成立しない。激変する時代を生きるビジネスパーソンのために、「渋沢栄一の生涯」と『論語と算盤』、そして『論語』をもとに「仕事の本質」を説く一冊。

978-4-334-04525-8

1119

資本主義から脱却せよ

貨幣を人びとの手に取り戻す

松尾匡
井上智洋
高橋真矢

「安心な生活」が失われているのはなぜか。それは〈経済の仕組み〉に問題があるからだ。経済学の論客二人と不安定ワーカーが、いま〝発明〟すべき「新しいストーリー」を提示する。

978-4-334-04526-5

1120

カラー版 **王室外交物語**

紀元前14世紀から現代まで

君塚直隆

時代遅れの遺物から、平和を支える存在に――現代に力を発揮する王室・皇室外交を、紀元前の中東から中世・近代の欧州、大戦前後の英王室へと辿り、日本の皇室のあり方も振り返る。

978-4-334-04527-2

光文社新書

1121
ルポ 婚難の時代
悩む親、母になりたい娘、夢見るシニア
筋野茜
尾原佐和子
井上詞子
住職がサポートする「寺コン」、親が相手を探す「代理婚活」、コロナ禍での「オンライン婚活」など、十人十色の婚活模様と日本人の結婚観を共同通信の女性記者三人が徹底取材！
978-4-334-04528-9

1122
未来は決まっており、自分の意志など存在しない。
心理学的決定論
妹尾武治
「我々の自由意志とは錯覚であり、幻想である」——心理学、生理学、脳科学、量子論、人工知能、仏教、哲学、アート、文学、サブカルを横断し、気鋭の研究者が世界の秘密に挑む。
978-4-334-04529-6

1123
ドレミファソラシは虹の七色？
知られざる「共感覚」の世界
伊藤浩介
「真っ赤な嘘」は、なぜ赤色？「いろいろ」は、なぜ「色々」？音や文字に色を感じる〝共感覚〟はなぜ生じるのか。気鋭の脳科学研究者による、ヒトの認知の不思議に迫るスリリングな一冊。
978-4-334-04530-2

1124
巨人軍解体新書
ゴジキ
（@godziki_55）
ファンもアンチも日本一多い球団、読売ジャイアンツの「勝利の哲学」とは。巨人軍の21世紀のスター選手たちを振り返りながら、パ・リーグへの対抗策を考える。
978-4-334-04531-9

1125
20世紀論争史
現代思想の源泉
高橋昌一郎
現代の思想を理解するためには、20世紀の偉大な知性が議論を重ねた諸問題を踏まえなくてはならない。「教授」と「助手」が時にユーモラスに対話しながら道案内を務める知の論争史。
978-4-334-04532-6

光文社新書

1126
運気を引き寄せるリーダー 七つの心得
危機を好機に変える力とは

田坂広志

「強運」のリーダーは、メンバーやチームにも「強運」を呼び込む。「運の強さ」は、誰でも意識的な努力で身につけることができる。先端科学に基づいた二一世紀の「新たな運気論」。

978-4-334-04533-3

1127
もしも、私が「がん」になったら。
81歳、現役医師の準備と決意

藤田紘一郎

81歳、免疫が専門の名物医師がとことん「がん」と向き合った。仕事は続ける？ 治療は受ける？ 改善すべき生活習慣は？ 発症しても慌てない、嘆かないためのがん入門書。

978-4-334-04534-0

1128
お笑い世代論
ドリフから霜降り明星まで

ラリー遠田

芸人の「第七世代」という言葉が一般にも広まるなか、それ以前の世代が誰なのか、どのような変遷を経て現在に至ったのかを改めて振り返る。「世代論」で読みとく戦後芸能史。

978-4-334-04535-7

1129
郵政腐敗 日本型組織の失敗学

藤田知也

郵便事業の創業から一五〇年を迎えた日本郵政グループ。従業員四〇万人を超える巨大組織の実態は、「腐敗の構造」と究極の「事なかれ主義」だ。朝日新聞のエース記者が徹底取材！

978-4-334-04536-4

1130
「倫理の問題」とは何か
メタ倫理学から考える

佐藤岳詩

それは良いことか、悪いことか。これは正義か、不正義か—。日常がゆらいだときに現れる倫理の問題に、私たちはどう向き合えばいいのか。世界の眺め方が変わるメタ倫理学入門書。

978-4-334-04538-8

光文社新書

1131

名画で読み解く プロイセン王家 12の物語

中野京子

フリードリヒ大王とビスマルクという傑物を擁し、世界最強国の一角に食い込んだプロイセン。ヨーロッパの原型を作った王家の217年間の人間ドラマを名画とともに繙く。

978-4-334-04539-5

1132

幽霊消防団員 日本のアンタッチャブル

高橋祐貴

活動をしていないのに自治体から一定の公金を受け取る「幽霊消防団員」。全国に広がる不正の実態がこれまで放置されてきたのはなぜか？　若手新聞記者が日本のタブーを斬る！

978-4-334-04540-1

1133

「女性向け風俗」の現場 彼女たちは何を求めているのか？

柾木寛

昼の顔は営業マン、夜の顔はあらゆるお客様に分け隔てなく接するセラピスト。性だけの繋がりゆえに彼女たちが教えてくれた、この国のジェンダーとセックスの本音。

978-4-334-04541-8

1134

理系研究者の「実験メシ」 科学の力で解決！　食にまつわる疑問

松尾佑一

太陽光でもお米は炊ける？　なぜ超音波をかけるとお酒は美味しくなる？　食にまつわるふとした疑問。大学教員が自ら実験して確かめる！　食欲と知識欲を刺激する異色の食エッセイ。

978-4-334-04542-5

1135

在宅医療の真実

小豆畑丈夫

在宅医療は「より良く生きるため」の手段／初めてでもうまくいく在宅医療の受け方／家族の負担をなるべく軽く――在宅医療に関わる救急医が、込み入った全体像を丁寧に整理・解説。

978-4-334-04543-2